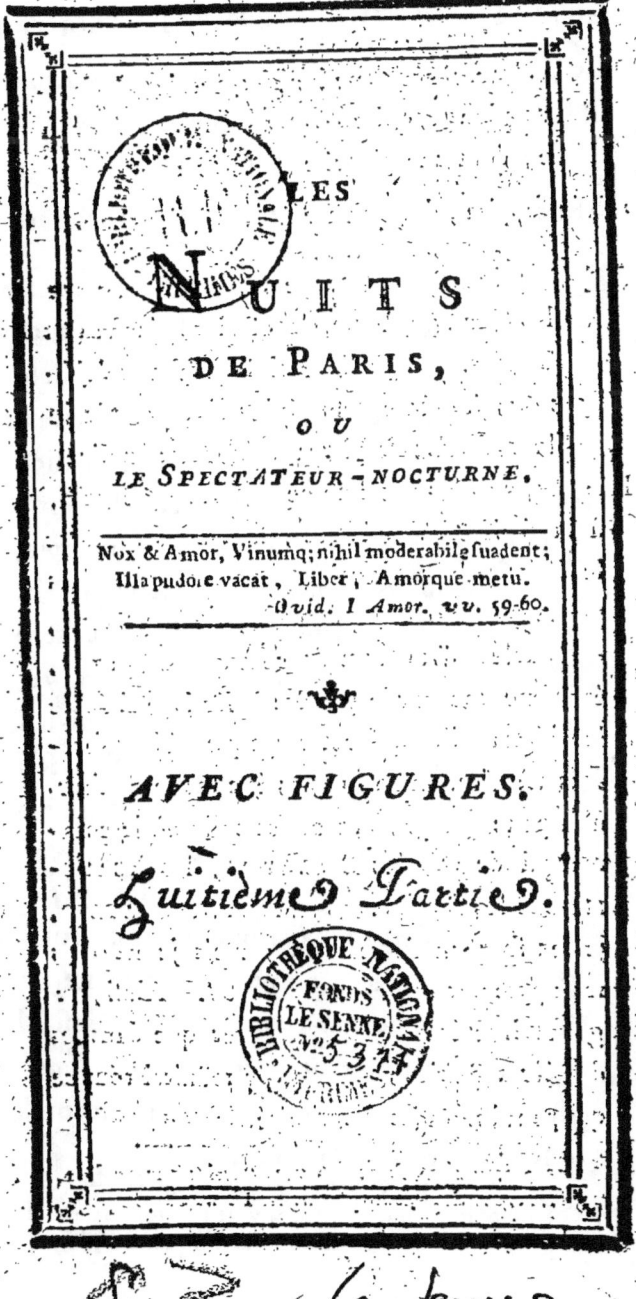

LES NUITS

DE PARIS,

OU

LE SPECTATEUR-NOCTURNE.

Nox & Amor, Vinumq; nihil moderabile suadent;
Illa pudore vacat, Liber, Amorque metu.
Ovid. I Amor. vv. 59-60.

AVEC FIGURES.

Huitième Partie.

Sujet de la FIGURE de la VIII.ᵐᵉ Partie.

Le *Spectateur-nocturne*, observant des Garsons-Chirurgiens, qui enlèvent un Corps dans sa biére, dont une planche est ôtée :

» Elle soupira, dès qu'on eut ôté la planche » !

☞On prie le LECTEUR de voir l'AVIS contre les Contrefacteurs, qui est placé à la fin des Tables. Ceux de Paris font faire ét debitent; ils affurent aux Brigands la ren·rée de leurs fonds ; c'est être receleur ét complice.

Parvenu, vers la moitié de cette VIII.ᵐᵉ Partie, à la CLXXXVII NUIT, fans avoir employé les Faits-publiqs, je vais enfin attaquer les abus generaux. Tout ce qu'on a lu jufqu'à-present, est le relevé d'un CAHIER commencé en 1767, ét même une année plûtôt : Mais j'ai-laiffé les faits anterieurs à cette époque. Nous fommes actuellement en 1775 ; ét cette année fournira peu : Cependant ce fut celle où je commençai de voir les BILLARDS, les ACADEMIES ét les CAFÈS : Quant aux SPECTACLES, je les frequentais dès 1756; mais je ne dois les apprecier qu'en 1787 ét 88. Ainfi, le grand interèt ne doit fe trouver que dans les dernières Parties ; puifque j'y reünirai tout ce qui peut intereffer la curiosité.

✝On ne paiera chaqu'une des VIII Parties que 30 fous, ét 3 livres les deux, composant un Tome de 480 pages.

LES
NUITS DE PARIS,

OU LE
SPECTATEUR - NOCTURNE.

CLXIX NUIT.
LES SONGES.

Je ne sais pas si le malheur en songe eſt plûs cruel, que le malheur éveillé; Mais je ſais bien que le bonheur en ſonge, eſt infiniment plûs doux, plûs feïque, que le bonheur reel : On trouve écrit dans mes dates, ces mots : *23 8.ᵇ- 1773, Somnium, quo vidi cariſſimam Heram Colettam, amatus Amatá, fœlix Felici : Mihi dixit : :: Diù ſeparati, Cariſſime, tandem adjungimur! O crudeleſomnium, quod me exanimem tibi mentitum-eſt!-.. Error erat; fallebáris! Aſpicis vivam! Sororis fidem accipies; nam ego nupta-ſum...* Je m' éveillai dans un charme inexprimable!... Le ſongé avait été ſi vif, ſi reel; COLETTE m'y avait paru ſi belle; je le croyais ſi vrai, que la première idée que j'eus en m'éveillant, fut que tout ce qui m'érait

reellement arrivé, n'était qu'un fonge, ét
que mon rêve était la verité. Je m'en
felicitais, à-demi-éveillé, par cette penfée : — Ha! que les fonges font quelquefois cruels!... Que de chimeres, pendant
mon fommeil!... Mais cette belle Marquise?... Cela était trop-beau, pour n'ê-
tre pas un rêve... C'eft une compenfation
à mes peines-. Tout en reflechiffant ainfi,
j'achevais de m'éveiller, ét par un retour,
que ma liaison avec la Marquise empêcha
feule d'etre desefperant, je vis que mon
fonge delicieux n'était qu'une illusion! Je
l'avoue, l'impreffion était fi forte; le charme avait été fi doux, l'idée de jouir encore d'un bonheur inexprimable (on le
verra dans MONSIEUR-NICOLAS), ét
cru perdu, avait été fi profonde, que je
ne pouvais me perfuader que je fuffe en
relation avec la celefte Marquise, ét que
j'euffe perdu MAD. Parangon!... Je me
rappelai, dans cette circonftance, un fonge que j'avais eu le 15 augufte 1753, 5
mois 3 jours après la mort de Madelon-
Baron ; fonge qui fut auffi reel, auffi frappant que celui-ci ; mais que je ne rap-
porterai pas ; il doit fe trouver ailleurs.
Je m'étais fenti accablé de fatigue et de
pesanteur dans la journée ; fur les 6 heures, je m'étais jeté fur mon lit, pour me

reposer, ét fortir enfuite à mon heure accoutumée. Je m'éveillai à 9 heures, ét j'alai dans un Café, pour y prendre une tâffe à l'eau. Un papier public me tomba fous la main, ét j'y lus l'art. fuivant:

Dans votre reponfe à la Lettre d'un Anonyme, fur la queftion fuivante, favoir : Si la medecine peut, à l'aide du regime, delivrer des fituations penibles ét fatigantes dont font tourmentées, durant le fommeil, certaines Perfonnes, douées d'une conftitution irritable, ét d'une imagination active? vous avez fatiffait à la queftion propofée, avec ce degré de lumière, qu'on ne devait attendre que d'un Homme comme vous, Monfieur, qui fait allier les notions les plûs faines de la philofophie, aux connaiffances acquifes, que prefente l'état actuel de la medecine. J'ose dire que je ne tiens pas plûs que votre Confultant, ni que vous-même, aux notions abfurdes du fiècle de Pythagore. Je vous avouerai cependant, que je fuis fâché de vous voir faire indiftinctement, avec Ciceron, le procès à tous les fonges, ou du moins aux prefages que l'on en peut tirer. Je ne vous citerai, pour preuve contraire de votre opinion, aucune efpèce de fonges, qu'il me ferait facile

u iij.

d'extraire du caos des histoires anciennes ét modernes des différens Peuples du monde ; mais c'est avec les songes de l'Ecriture que je vais vous mettre aux prises. Chaque page de nos livres de la loi écrite, est pour-ainsi-dire marquée par un songe. Je me bornerai aux trois suivans, que l'Historien sacré nous a transmis dans les chapitres 37, 40 ét 41 de la Genèse *. Parmi un grand nombre d'autres songes particuliers, dont il serait ridicule d'occuper vos Lecteurs, je ne vous citerai point, pour venir à l'appui de mon sentiment, le rêve qu'a fait Un de mes Amis, qui partage avec tant d'Autres la manie de vouloir gâgner, ou plutôt se ruiner à la Loterie-royale de France. Il voit en songe sortir de là roue-de-fortune les numeros du premier tirage de juin de l'année dernière ; trois de ces numeros fixèrent particulièrement son attention; il se reveille, se jète à-bas de son lit, ét les écrit la nuit, sans clarté. Le lendemain matin, obligé d'aler en cam-

---

* On ne rapportera point ici ce que dit m: Bablot des trois songes pris de l'ancien Testament. Les songes qui tiennent à des causes surnaturelles, sont du ressort de la theologie, ét ne doivent nullement être un objet de discussion pour le Medecin.

pagne, il recommanda à sa Femme de placer, dans le jour, vingt-quatre livres, par terne, sur ces trois numeros. Soit oubli, soit autrement, le terne n'est pas chargé, les trois numeros sortent; et ce beau rêve, qui eût dû valoir à son Auteur une somme de cent trente-cinq mille livres, n'a fait que donner lieu à une fièvre double-quarte, dont il n'est pas encore bien gueri. Je ne vous citerai pas non-plus, pour faire valoir mon opinion, les songes qu'ont eus, par exemple, deux Jeunes-gens de ma connaissance. Quoiqu'ils n'eussent alors jamais rien fait qui eût pu leur faire craindre l'infamie du gibet, ils crurent l'un et l'autre entendre prononcer, dans le sommeil, leur arrêt de mort; l'exécution, qui suit de-près ce fatal arrêt, les éveille épouvantés. Six à sept ans après, et à six mois environ de distance l'un de l'autre, ils laissent en-effet tous-deux leur tête sur un échafaud. Un songe de cette espèce malheureusement realisé, ne prouve, je le conçois, rien autre chose qu'une creance trop aveugle au fatalisme des Anciens : cette creance, avant fortement agité ces cerveaux faibles, les a seule peutêtre, et comme malgré eux, jetés

dans la carrière du crime, ét de-là por-
tés fur l'échafaud, pour y étre immo-
lés au repos ét à la fûreté publique.
Madame De-Cauchon, veuve de Meffire
Armand-de-Valk, comte de Dampière,
domiciliée alors à Chálons-fur-Marne,
a rêvé, la nuit du premier fevrier 1772,
qu'elle mourrait le dixfept du même
mois ; elle accompliffait alors fon trei-
zième luftre, ét n'avait d'autre incom-
modité que celles de fes nombreuses an-
nées. Comme cette Dame, qui n'avait
pas laiffé que de rêver dans fa vie, avait
conftamment remarqué que fes fonges fe
realisaient, elle fut finguliérement frap-
pée de celui-là, dont toute fa maifon
prit vivement l'alarme. Notre Com-
teffe cherche, mais envain, un abri
contre la mort prochaine dont elle était
menacée, dans les lumières ét les foins
du Docteur Aubert ! elle expira le jour
même, que lui avait marqué le dernier
de fes rêves. La realisation de ce fon-
ge eft encore, je le fens, fufceptible d'u-
ne explication raisonnable. Mais je
vous demanderai, Monfieur, la per-
miffion de finir ma differtation par l'ex-
pofé d'un rêve qui m'eft particulier. Ce
rêve tient à un phenomène fympathi-
que, dont il ne me femble pas facile

de rendre raison; cependant je compte assés sur votre complaisance & sur vos lumières, pour croire que vous voudrez bien y repandre un jour satiffesant.

Mon Père avait contracté une vomique, qu'il portait depuis environ cinq ans, à la suite d'une fluxion-de-poitrine mal-traitée. Pendant tout cet intervale, éloignés l'un de l'autre de huit lieues, nous étions en commerce de lettres, que d'une part la tendresse filiale ét paternelle, ét de l'autre la position alarmante de mon Père rendaient très-soutenu ét très-rapproché: Deux mois avant sa mort, notre correspondance se trouva, par quelques circonstances particulières, entièrement arrêtée. Croyant mon Père dans un état à donner des espérances, je m'occupai moins que jamais de sa situation. Après deux mois de securité de ma part, je passe la nuit du 6 au 7 mars 1773, dans une agitation cruelle! je crois voir, durant mon sommeil, mon Père expirant au milieu d'une Famille éplorée. Le lendemain, ce rêve effrayant ne me sort pas de l'esprit, ét sur le soir de ce jour-là-même, arrive l'un de mes Frères, dont les larmes ét les sanglots me confirment la verité de mon trop sinistre songe!... Un

Autre de mes Frères , qui exerce ici la profession d'avocat , ét qui était alors éloigné de mon Père de trois lieues, fut saisi le 7 mars , à son reveil , d'un frisson violent , ét d'un tremblement de tous ses membres , qui le forcèrent à s'arracher du lit , en s'écriant involontairement: Hélas, mon Père est mort *!...

J'aurais encore quelque-chose à ajouter, pour completer ce detail ; mais c'est trop s'arrêter à un souvenir qui me dechire le cœur , ét ce recit , tout succint qu'il est , n'a deja coûté que trop de larmes à mon excès de sensibilité.

---

* *Alexander ab Alexandro* , rapporte un fait semblable , arrivé à un Jeunehomme qu'il élevait dans sa maison. Ce Dernier , une certaine nuit , poussait en dormant des gemissemens ét des cris plaintifs. On le fit éveiller, pour en connaître la raison , ét il rapporta qu'il avait cru en songe assister aux obsèques de sa Mère. Peu de jours après , un Exprès apporta la nouvelle de ce malheureux évènement , ét des informations exactes, à ce qu'on dit , confirmèrent que la Mère était morte au jour ét à l'heure indiqués. On trouve dans les Auteurs plusieurs cas analogues ; mais , comme l'experience de chaque jour apprend qu'un très-grand nombre de rêves semblables n'est point suivi de l'évènement qu'ils semblent presager, on en doit conclure, qu'il ne faut ajouter aucune foi à ces images fantastiques , quoique dans quelques cas particuliers , il y ait eu une correspondance entre le songe ét l'évènement.

Je fus extrêmement furpris, que dans un fiècle comme le nôtre, un Homme éclairé, un Medecin, pût donner quelque creance aux fonges! C'eft ignorer abfolument la nature. Je demandai de l'encre ét du papier, ét voici ce que j'écrivis: » Les fonges ne font autre chose que le retènement dans le cerveau, pendant le fommeil, des choses vues, entendues, lues, racontées, penfées, imaginées, desirées, redoutées. Rien que du paffé dans les fonges. Cependant, il eft quelquefois poffible, qu'il f'y trouve une idée neuve: je pourrais le nier; mais je l'accorde: Car cela n'eft pas extraordinaire. L'Être-vivant, homme ou brute, qui rêve, a l'organe de la penfée moitié affoupi; car f'il l'eft tout-à-fait, on ne rêve pas: ét comme cet organe dort toujours moins que le refte, il agit; mais au-hasard, fans perception des fens: Tant que le cerveau ne rencontre pas d'idée majeure, il vague, ét ce que nous rêvons nous affecte faiblement: Mais dès qu'il eft tombé fur une de ces idées fortes ou fraîches, d'amour, de crainte, d'efperance, alors le fonge acquiert toute la force de la verité: avec un charme de plûs, qui refulte du defaut des obftacles que la realité oppose ordinairement. Auffi obferve-t-on, qu'un

u vj

fonge n'eft pur, qu'autant qu'il n'exifte
pas d'empêchement, ét que f'il en fur-
vient, la penfée du Dormant ne peut les
furmonter, parcequ'elle manque de la
main des fens. De-même, la jouiffance
du bonheur eft, en fonge, plùs agreable
que la verité, parcequ'elle eft pure, comme on nous peint celle des Ames heu-
reuses. Si les fonges presâgent, c'eft
par-hasard, comme nous conjecturons é-
veillés: ainfi, ce n'eft pas un vrai presa-
ge, c'eft une conjecture aveugle. Ce qui
fait que les faux presages des fonges nous
frappent, c'eft qu'ils ont la même force
que le bonheur en fonge, qui laiffe un
charme inexprimable; ainfi les craintes,
pour les Ames faibles ét fuperfticieuses,
laiffent un malaise inexprimable, qui re-
double l'impreffion. Je nie tous les fonges presages; ce font des niaiseries, ét
un Archifot, ou une bonne, bien bonne
Femme peuvent feuls y croire! C'eft ma
conclusion, d'après le fens intime ».

Comme j'en étais-là, un Curieux de
Café, qui lisait pardeffus mon épaule,
fans que je m'en doutaffe, m'apoftrofa du
nom de Philosofe-athée. Je lui repondis:
—Monfieur, ét à vous, je vous reproche d'être un curieux impertinent! Paf-
fez-moi la philosofie, je vous pafferai
l'impertinence-? Cette façon-de-repon-

dre mit les Rieurs de mon côté. Je ne
pus écrire davantage : On taquina le
Curieux-impertinent, auquel ce nom refta, ét je vis, par fa defenfe, que c'était
un fot : Tout le monde eut pour lui le
plùs grand mepris, ainfi que pour les
rêveries qu'on venait de lire. J'alai chés
Mad. De-M****.

Je lui racontai mon fonge, avec toutes
fes circonftances: ce qui l'intereffa beaucoup! Je lus enfuite la lettre du Medecin, puis mes obfervations, ét j'y en
ajoutai de nouvelles : » L'Homme qui ne
pré` oit pas l'avenir éveillé, le voit en-
core moins endormi. La Divinité inter-
viendrait donc. Mais nous ne fommes
plus dans un fiècle, où l'on perfuade aux
Hommes, que les enfantillages d'un Im-
becile, font les voies impenetrables de fa
Divinité. Dieu ét la Nature agiffent par
des loix admirables, mais visibles, inva-
riables, naturelles furtout; car tout ce qui
eft furnaturel, eft illusion ou menfonge.
Ne nous arrétons pas à combattre des
Fantomes. —Vous ne croyez donc pas
que Dieu parle en fonge? —Non, Madame, cela eft abfurde. —Mais l'Ecriture? —Je ne touche pas à cette arche-là:
mais aujourdhui, Dieu ne parle pas en
fonge : Bien-plûs, il ferait très-dange-

reux que cette idée se maintint dans les
Cerveaux faibles: Puisque si malheureusement Quelqu'un d'entr'eux alait rêver
qu'il faut commettre un crime, capable
de renverser l'État, ét que le Ciel le lui
ordonne, il le commettrait–. Je me rens
cette idée effrayante! (me repondit Mad.
De-M****), ét elle-seule me persuade».

Je repris la lecture du JEUNEHOMME.

Paris ne m'offrit rien. Les Enfans
n'y ont presque plus d'enfance, ét ils
font des Petitsmaîtres achevés, huit
jours après être sortis du Collége. J'eus
recours à la Province, non dans les
Villes, où les sots préjugés d'une or-
gueilleuse Bourgeoisie étouffent encore
l'humanité (qu'on me passe ce terme,
pris ici absolument, ét pour signifier seu-
lement la qualité d'Homme): Je trou-
vai enfin ce qu'il me falait, dans un
Pays isolé; dans une Famille qui a-
vait un Chef éclairé, raisonnable, ét
dont le langage pur n'avait ni accent,
ni brillant, ni grossièreté. Cet Homme
avait un Fils, doué d'une sensibilité ex-
quise; il le destinait à vivre à la Ville.
C'est mon Heros. Je le suis depuis onze
ans: J'ai vu son âme neuve encore, ne
s'affecter que de ce qui meritait de la
toucher: J'ai vu son caractére, ses goûts,

fes panchans fe developer infenfiblement
ét prendre peu-à-peu la teinte des mœurs
depravées, fans pourtant fe denaturer
au même point que les Gens-des-Vil-
les : Je l'ai vu f'aveugler, ét paraître
pis que les Plûs-corrompus ; puis revenir enfin aux fages principes incul-
qués dans l'enfance... Mais que de fo-
lies l'ont rendu fage ! Il a falu que fon
âme active goûtât de tout ; qu'elle fe
raffasiât de tout, en fentant les abus
ét les inconveniens de tout. Heureux
encore que fon extréme activité ait ab-
regé la carrière, ét que la fcience de vivre ne lui foit pas venue, comme à tant
d'Autres, au moment de mourir !

Parens ! ne craignez point de mettre
ce Livre entre les mains de vos Enfans !
Il les inftruira du bien ét du mal ! A-la-
verité, fi vous viviez avec votre feule
Famille, dans une Ile deferte, il ferait
pour eux le plûs dangereux des Livres,
puifqu'il leur apprendrait ce qu'ils ne
devraient jamais favoir : mais vû notre
pofition actuelle, c'eft peutêtre le plûs
utile. Vos Enfans connaîtront bientôt
dans le monde, par leurs Camarades,
par les Femmes, par les Hommes, ét
d'une manière dangereuse, ce que ce Livre va leur decouvrir avec précaution.

Il va les éclairer, puisqu'ils doivent l'être immanquablement ; mais en les effrayant par la laideur du vice, en leur montrant les chastes beautés, ét les celestes avantages de la vertu. Il leur vantera les prérogatives toujours presentes, toujours accompagnant la bonne-conduite: Il leur prouvera, que la vertu malheureuse est une chimère introuvable, à-moins qu'un Vice, l'Imprudence, n'ait été son guide. Il les convaincra de cette maxime : Le mal produit toujours du mal, ét le bien toujours du bien. Si le contraire arrive, le bien n'était pas bien, ét le mal n'était point mal.

Cet Ouvrage est par Lettres ; C'est que les Lettres d'un Homme sont ce qui le peint mieux. J'ai eu la plûs grande attention à me procurer toutes celles du Heros : C'a été le plûs difficile! Quant aux Lettres qu'il recevait, rien ne m'a été plûs aisé, vivant presqu'avec lui: Mais il falait deguiser adroitement ma curiosité! Si le Jeune-homme qui me sert de sujet, s'était u-ne-fois douté de mes motifs, ét qu'il était pour moi une étude (comme disent les Peintres), je ne tenais plus rien! J'a-voûrai franchement, que mon imagination n'aurait pu me fournir tous les

details qu'on va lire : J'aurais bien in-
venté, comme tant d'Autres, qui n'ont
peint que les poſſibles ; mais le corps
de mon Ouvrage doit être fondé ſur la
verité.

PREMIÈRE LETTRE.

Paris, ʒ1 janvier 1780.

De POLLET, à HOUSSET.

Enfin, m'y voila, mon Chèr, dans cette grande
Ville ! Je n'ai encore rien vu : Je ne ſuis qu'é-
tonné ! Mais je le ſuis profondement ! Je ne
comprens rienﬔ je ne me reconnais pas dans les
rues ﬔ je ne puis revenir à mon hôtel-garni ſans
Guide. Rien ne me plaît ! D'un côté, je vois
des Grands, des Riches, des Eſcroqs effrontés, ét
des Filles, garnir les rues de voitures qui broyent
le pavé, lançant auloin l'eau noirâtre ét fangeuſé
des ruiſſeaux : De l'autre, un Peuple immenſe
courant, ou fuyant, je ne ſais lequel, les Charrètes,
les Fiacres, les Obligeantes des Catins, les Diàbles
des Fats, les Cabriolets des Coîfeurs ! Mon chèr
Houſſet ! Paris me deplaît ét m'attriﬅe !... Cependant les Femmes m'y ſeduiſent. Le premier
jour, toutes me paraiſſaient jolies : Je ne voyais
que de la pâleur, que je prenais pour des lis, ou
le rouge-vegetal de Monclar, que je prenais pour
le coloris de la ſanté. Mais aujourdhui, que je
ſais que la blancheur eﬅ de la pâleur, je n'en ai-

pas moins de goût pour elle ! Il me semble qu'il y aurait bien du plaisir à faire-rougir ces Pâlotes au feu de la volupté !

Je n'ai pas encore vu les Spectacles: Je vais faire comme le Loup de la Fable , commencer par manger la corde de l'arc, dût la flèche me percer ! Je veux dire , que je commencerai par le dernier des Baladins , Nicolet.

A demain: Je veux t'écrire tous les jours ce que j'aurai-fait   Je suis, étlereste.

LE SOMNAMBULE.

Je sortis à 3-heures, ét aubout de la rue Neuve-S^{te}caterine, je vis un Homme nu, qui gâgnait la Place-Louis-XIII. Il fit trois-fois le tour de la grille.   Je ne savais que penser! Cet Homme revint gravement à la rue Culture, ouvrit une porte, entra, la referma, ét disparut pour quelques momens. Je restais, immobile de surprise. Après dix minutes d'attente, je vis tomber à mes piéds une vieille perruque ét un vieux habit. Je levai les ieux, ét je vis marcher l'Homme nu sur les toîts. Il redescendit, sortit encore , ala dans la rue Saintlouis, la rue Neuve-saintgilles ét sur le boulevard. Je le suivais pas-à-pas ét sans bruit. Arrivé dans la rue Saintsebastien, en face d'une maison neuve, il cria : —Ma chère Rosalie !

Rosalie! Rosalie-! Perfone ne repondait. Alors il me vint dans l'idée de lui
dire, d'une voix douce, en me cachant:
—Que me voulez-vous? —Ha! vous me
repondez!... Soyez toujours bien ver-
tueufe, ét lorfque, dans mes momens de
frenesie, je vous attaquerai, resiftez-moi!
resiftez-moi! Je fens que j'aurais des
remords, fi je triomphais de votre vertu.
—Oui, je vous resifterai. —Pon! bon!
C'eft à-present qu'il faut m'écouter: Je
fuis de fens-froid. Adieu, ma chère Rosalie! adieu-! Et il fe retira. Il rentra
chés lui, ét fans-doute fe coucha ; car je
ne le revis plus.

CLXX NUIT,
SUITE DU SOMNAMBULE.

Je n'avais jamais vu de Somnambule: Je
revins à 9 heures, pour m'informer de
celui de la veille. En route, je reflechis
que rien ne prouvait mieux la verité de
mon opinion fur les fonges, que le fomnam-
bulifme. Le fonge eft une aberration de
la faculté penfante, deftituée du fecours
des fens, ét feulement dirigée par le fens-
interieur, par le fentir obturé. Mais il
eft des imaginations affés puiffantes, pour
exciter les mouvemens des membres, fans
que le cerveau ait toutes fes perceptions,
ét fans le fecours de la presence des ob-

jets extérieurs , ou d'une raison éclairée.
Ces Êtres se lèvent donc , en dormant ,
parceque les membres sont mis en-jeu
par une volonté forte. Ils font les mêmes choses que j'ai vu faire cent-fois à
l'Homme-ivre tranquile, ét non-abbatu
par le vin; c'est la même adresse: Et cette
adresse elle-même, est la marque certaine de l'absence de la raison. Le Somnambule sur un toît élevé, y marche a-
vec la même assurance, que s'il n'était
qu'à deux piéds de terre: Rien ne l'effraie: Il conserve son sens-froid, ét ne
court aucun danger. Il fait les actions
de la veille, comme les autres Hommes
les pensent. La visite à Rosalie, qu'il
croit entendre ét voir , dont il ne recon-
naît pas la voix , à laquelle il donne des
conseils contraires à ses propositions
diurnes , tout-cela prouve que l'âme de
cet Homme, liée par le sommeil , avait
une certaine rectitude naturelle ét d'éducation , qui , par l'absence des passions,
la remettait à son innocence native; chose qui nous arrive si frequemment dans
les songes ordinaires ! J'arrivai, rue Cul-
ture-S.te caterine, occupé de tout-cela,
ét je m'informai du Somnambule , à un
Perruquier dabord. —Hâ! hâ! l'a-
vez-vous vu ? On disait que depuis qu'on
a mis sur les tuiles un épouvantail, comme

ceux des jardins , un bâton avec une
vieille perruque , un vieil habit , il n'o-
sait plus fe promener fur les toîts !... Je
vais en avertir fon Domeftiq-... Je compris alors que le Somnambule avait vu
l'épouvantail , ét qu'ayant bien conçu,
dans le jour , que ce n'était qu'un épou-
vantáil , il l'avait courageusement préci-
pité. Je connus l'Homme par les difcours du Perruquier. Je dis un mot de
Rosalie : mais le Raseur ne favait rien.
Je ne voyais pas grand'chose à tirer de
cet Homme. Je l'accompagnai feulement, quand il ala parler au Domeftique
du Somnambule, ét j'appris à Celui-ci,
mais en-particulier, tout ce que fon Maître avait fait la nuit precedente. — Pardi, Monfieur, je fuis bien-aise de favoir
ça !... Mais vous pouviez le corriger, en
le roffant; la Famille vous aurait eu la
plûs grande obligation, ét peutêtre lui-
même: ou fi vous ne voulez pas le faire,
à-cause des inconveniens, fonnez-moi ?
Tenez, voila le cordon d'une fonnète qui
repond à mes oreilles, là-haut dans ma
chambre-. Je demandai au Domeftique
une explication de la rue Saintfebaftien ?
Il fecoua la tête fans parler. Je le priai
de f'ouvrir à moi, en lui repondant de ma
difcretion. —Je vous dirais bien quelque-chose, fi je vous connaiffais; mais

je ne vous connais pas-. Je lui fis alors
entendre, que j'étais un Homme qui a-
lait pendant la nuit, pour tâcher de rendre differens fervices, par moi-même ét
par le moyen d'une Femme-de-qualité,
Mad. la Marquise de-M****. —Hé! feriez-vous cet Honnête-homme, qui fai-
tes-fecourir tant de Malheureux, à cette
refpectable Dame, que vous ne voyez,
qu'à-travers une grille, comme les Reli-
gieuses? —C'eft moi. —Hò! en ce cas,
je n'ai rien à vous cacher; parceque je
fais que vous ne me compromettrez
pas... Sachez donc, que mon Maître, qui
eft garfon, eft amoureux-fou de la Fille
d'un Jardinier-fleurifte, qui fe nomme,
de fa plus belle fleur, Rofalie. Elle eft
belle: belle!... Monfieur va la voir tous
lesjours: Aujourdhui, il veut l'époufer
fecrètement; demain, il veut tâcher d'en
faire fa maîtreffe; tantôt il ne veut plus
ni l'un ni l'autre: Il n'eft qu'une chofe
qu'il veut-toujours; c'eft de l'aimer, de
l'aimer, à en perdre la tête. Voila tout...
Je l'entens; je vais voir. Adieu, Monfieur le Spectateur-nocturne, comme mon
Maître vous appelle-.

En quittant ce Garfon, il me prit envie d'aler voir Rofalie, ét de lui parler,
f'il était poffible. J'arrivai devant fa porte à 9-heures-ét-demie. Tout était deja

fermé. Je tirai le piéd-de-biche. Une Vieille-femme vint ouvrir, en me demandant ce que je voulais. —Parler à Ma'm'selle Rosalie, en-presence de son Père ? —On finit de souper, Monsieu', entrez-. Je me laiffai conduire dans une pièce au rès-de-chauffée, où foupaient le Père, la Mère, la Fille, ét deux jeunes Frères d'environ dix à douze ans. Tout le monde fe leva. —Je viens, Monsieur ét Madame, dis-je au Jardinier, pour vous apprendre une chose que vous ignorez: mais je vous prie, faites éloigner ces deux Enfans: Je ne dois parler que devant vous, votre Femmé ét votre Fille-. Le Maître fit fortir fes deux Fils, ét la vieille Domeftique. —Vous ignorez, qu'un Homme, un fomnambule, peut compromettre infiniment la reputation de cette aimable Fille ! Il vient la nuit à votre porte, ét voici les propres paroles, qu'il y prononça hièr, à trois-heures-ét-demie-. Je les repetai, ainfi que mes reponfes. Je detaillai tout le refte, jufqu'à mon entretien avec le Domeftique. —A-prefent que vous êtes inftruits (ajoutai-je), Monfieur ét Madame, c'eft à votre prudence à faire le refte-. Et je me retirais. On me retint, pour me demander confeil. —Le voici : Le mariage avec cet

Homme , paraît avantageux , ét ne l'eſt
point : ſa tête me ſemble exaltée ; votre
Fille aurait beaucoup à ſouffrir. Le reſte
eſt encore pis-. A ce mot, la Fille rouge,
comme la roſe , ét toute-attendrie , dit
à ſon Père : —Hâ ! voila parler , mon
Père ! ét c'eſt bien la verité ! —Avez-
vous un Parti pour elle ? (dis-je aux Parens). —Oui ; un Marchand-mercier ;
mais nous heſitions. —Faites-en une
honnéte Mercière : elle aura ſon Égal par
la fortune ; elle ſera heureuſe-. Ils parurent diſpoſés à ſuivre mon conſeil, qui
était le vœu de la Fille.

J'alai chés la Marquiſe, à quî je racontai cette hiſtoire. —Je connais M.
De-Villeblanche (me dit-elle), c'eſt une
pauvre Tête ! vous avez voulu le ſervir,
en conſeillant au Jardinier de marier ſa
Fille au Mercier ; mais c'eſt eux-ſeuls
que vous ſerviez : Villeblanche , lui,
ne pourrait que gâgner à ce mariage, qui
peutêtre calmerait ſa tête-.

A mon retour, je me reſſouvins de
ce que m'avait dit le Domeſtique. J'obſervai ce qui ſe paſſait ; ét bientôt , je
vis ſortir le Somnambule. Mais il était
guetté. Le Domeſtique fut enchanté de
me voir. Nous ſuivimes ſon Maître. Il
ala devant la maiſon de Roſalie , ét je
répondis encore , mais avec la voix du
Père ,

Père , pour lui donner son congé. Il en
fut au-desespoir, ét s'en revint précipi-
tament chés lui. Nous ne lui dimes rien ;
ét dès qu'il fut au lit, il s'éveilla... Je
suivis son histoire, pour en connaître
tous les details. Il épousa la Jardinière
huit jours après: Les Parens de Rosalie ne purent apparemment résister
à l'idée d'élever leur Fille plûs haut que
leur état. J'ai su davantage par la suite :
c'est qu'elle n'a été malheureuse qu'aubout de cinq à six ans. Mais alors, elle
le fut beaucoup !.. M. De-Villeblanche
est veuf aujourdhui.

ÇLXXI NUIT.
LES ÉCHENÉS.

On doit nommer Échenés les Goutières
saillantes , qui reünissent l'eau des
toîts en cascade ; ét simplement goutières, les extremités du toît, qui la versent
goutte-à-goutte: On aurait cent occasions
de remarquer à quel point le Peuple de
Paris corrompt la langue, ét l'appauvrit:
Je suis glorieux des mots dont j'enrichis
le français , parcequ'ils sont bons : Je
n'ai cependant pas encore introduit celui
de *forabilité* , comme m'en accuse le
Mercure du 6 8.bre 1787; ét à cette occasion , je prie Messieurs les Redacteurs
des Journaux, de lire l'épreuve , lors-

qu'ils critiquent , ét de ne pas f'en rapporter à la mechanceté des Sousfeuilli-
ftes obfcurs, ou à la malicieuse ftupidité
des Correcteurs ordinaires: J'ai dit la *fa-*
vorabilité du local : ét j'ai l'honneur d'a-
vertir mes Concitoyens en general , que
la langue française étant un dialecte du
latin , ét n'étant langue, qu'autant qu'elle
fait partie du latin , on peut y puiser
tous les mots ; que tous ceux qu'on y
prend , foit directement , foit par ana-
logie , font clairs , ét furtout français :
Je foutiens en-outre, qu'il n'eft pas français de prendre un mot dans une langue
non-fortie du latin, pas même dans la langue efpagnole, fœur de la nôtre , fi elle
a tiré ce mot de l'arabe ; à l'exception cependant de certains noms de choses, qui
n'exiftent que dans le pays où fe parle la
langue étrangère. *Almanach* fera toujours un mot barbare, quoiqu'il foit devenu vulgaire : c'eft qu'il eft intrinfèque-
ment inintelligible pour nous , à-raison
de la grande difference de l'Arabe à notre langue. Le mot arabe *maxi*, ou
macfi, paffé en France , du temps des
Croisades , n'a pu f'y maintenir , pour
fignifier eunuque ; jamais nos Auteurs
ne l'ont employé ; je l'ai feulement entendu dire comme injure dans ma jeuneffe. J'ai employé beaucoup de mots heu-

reux, dans ces Nuits ; non pas que je
croye cela du genie, le genie eſt bien autre chose, vraiment! ét ni ces Meſſieurs
qui m'en font un crime, ni moi, n'en avons,
Dieu-merci! Le genie, comme en avait
Corneille, ne peut exiſter dans un ſiècle
eſprité comme le nôtre, à-moins qu'il ne
ſoit un-peu fou, comme celui de J.-J.-
Rouſſeau : Ni Paſcal, ni Racine, ni Boileau, ni Voltaire, n'eurent de genie, mais
beaucoup d'eſprit, un excellent eſprit,
que puiſſions-nous avoir, ſans les inconveniens, qui le compenſent, ét audelà! O
Vous-tous, qui, ainſi que moi, n'en avons
guère, conſolons-nous! tous les Êtres
ſont égaux en bonheur, ét le bonheur eſt
tout; la gloire n'eſt qu'un de ſes moyens,
très-efficace! mais les desagremens ſont à-
côté: L'Être-ſuprême tient dans une
vaſte balance les biens ét les maux, ét dès
qu'il eſt tombé des biens d'un baſſin, pour
que l'équilibre éternel ſoit conſervé, il
tombe des maux de l'autre. J'ai connu
quelques-unes des peines de Voltaire;
elles ont été horribles! ét ſi frequentes,
que Perſone ne voudrait de ſa gloire, à
ce prix! Celles de J.-J. ont retenti dans
toute l'Europe. Corneille, hâ! qui peut
ſavoir ce qu'il a ſouffert, ſurtout dans
les dernières années de ſa vie! pauvre,

juſqu'à l'indigence, il manquait du neceſſaire quelquefois ! La gloire du Cid était
obſcurcie par ATTILLA, par THEODO-
RE ; ét aulieu de ſe relever, il acheva de
ſ'abimer par AGESILAS ! Le rigide ét
froid Boileau ne le menagea guère , ét cet
infortuné Vieillard , l honneur de notre
Theatre , connut la honte ! Alors, il ſ'e-
xagera les defauts de ſes Pièces ; il les
ſoumit à l'analiſe, ét les commenta, pour
les juſtifier. Il n'était pas genie alors !
Il ployait ſous l'aſcendant de l'élegant
Racine , qui joignait au vrai merite , un
ſtyle pur ét châtié.... Mais je reviens à notre langue; puis je reviendrai aux gou-
tièes. Je regarde comme une barbarie
l'uſage des Anglais , de prendre un mot
dans les langues étrangères ; c'eſt une barbarie ét une ſotiſe ; à moins que le mot ne
ſoit analogue , ét parconſequent tiré de
l'une des deux ſources de la langue an-
glaiſe , l'allemand , qui eſt la principale,
ét le français. Mais ſi l'on admire de leur
voir introduire dans leur langue un mot
pur , ſoit italien , ſoit français , on admire une ſotiſe : Il faut qu'en l'introdui-
ſant , ils l'angliſent ; ſ'il n'eſt pas diſpa-
rate , ou qu'ils le proſcrivent , ſ'il l'eſt.
Je ſuis en colère , moi , toutes-les-fois
que j'entens les *bravo* italiens , les à-

parte, même les termes de musique. Hé ! parlez français, Mesfieurs, puifque vous avez l'honneur d'être des Français *! Quant aux goutières, ét aux échenés leurs fuperlatifs, j'en ai deja traité ; mais la matière a tant d'importance, qu'on peut y revenir.

Je fortis à cinq-heures : la nuit commençait : les reverbères n'étaient point encore alumés ; les échenés verfaient de l'eau bruyamment fur les parafols. On revenait de l'office à Saintfeverin, ét on faura, que tout aubout de l'étroit paffage meridional de cette église, font des échenés qui verfent l'eau à flots : fi l'ou n'a pas prevu la pluie avant d'aler à des vêpres, qui durent deux-heures-ét-demie, les Femmes ne peuvent fortir, qu'en perdant les habits legers ét coûteux, qui les couvrent ; il femble que Ceux qui ont ainfi ordonné les choses, aient eu l'intention d'empêcher de venir à l'église. Mais ce n'eft pas le pis. Il fe trouve un entregrille étroit, pour aler de l'église, dans les rues de la Parcheminerie

---

* Comme je fuis perfuadé, qu'on releverait ce que j'ai dit, Que le français n'eft une langue, qu'autant qu'il eft dialecte du latin : J'ai l'honneur de prevenir, que je travaille depuis 15 ans à le prouver : L'Ouvrage fera intitulé, LE GLOSSOGRAFE.   x iij

ét Saintjacques : c'eſt un paſſage necef-
faire ; hé-bien, tout-au-milieu, eſt un
échené abondant ! Le jour que j'y paſ-
fai, un carroſſe recevait ſes Maîtres, ét
retint cinq à ſix minutes le Troupeau qui
ſortait preſſé ; l'on ne pouvait avancer
ni reculer ; ét je vis des Femmes bien-
mises, de Jeuneſperſonnes en ſoie, recevoir des flots de pluie froide , qui en
un inſtant les trapercèrent ; vingt d'entr'elles furent inondées juſqu'aux os. J'en
ſais trois qui ont manqué d'en mourir, ét
une Quatrième qui n'a pas échappé !......
Quand un Poliçon , pour jouer pièce ,
ét ſe donner un amuſement coupable ,
aurait poſé là cet échené , aurait-il
mieux reüſſi ? Hé ! la Fabrique , le Curé le ſouffrent ! (car il exiſte encore en
1788). Je parcourus pluſieurs rues, cette ſoirée ; toutes étaient remplies de
Citoyens des deux-ſexes , dont les habits étaient perdus , ét la ſanté expoſée.
On avait commencé à placer des canaux
le long des maisons, quel Mauvais-genie
a donc empêché de ſuivre un plan auſſi ſa-
ge ! Je ne ceſſerai de les demander , ét
des conduits ſouterreins pour les ruiſſeaux ; ét qu'on ne jète pas les immondices dans la rivière, mais qu'on les porte
à la campagne ; ét qu'on ne brûle pas la
paille ; ét que les rues ſoient plus pro-

pres ; ét qu'il y ait des Balayeurs publics ; ét qu'on ne mette pas en bâtimens
infenfés , tous les Potagers qui environ-
nent la Capitale ; ét qu'on ne laiffe pas
dans le faubourg Saintmarcel , au mont
Sainthilaire, ét ailleurs, de vaftes quartiers fales, infects, deserts ; ét qu'on em-
ploye les Criminels à balayer les rues ;
même les Prisonniers vagabonds ét fans
aveu, en les diftinguant par une marque ; ét qu'on diminue le nombre des
carroffes-de-place. ét bourgeois ; ét
qu'on defende de galoper à-cheval dans
les rues de Paris ; ét qu'on fupprime entièrement les cabriolets ; ét qu'on in-
terdise l'épée à tout-le-monde, fi ce n'eft
dans les ceremonies publiques ; ét qu'on
mette un impôt fur les Chiens inutiles ét
d'agrement, même fur ceux que l'on prétend utiles à la garde des boutiques ; ét
qu'on prefcrive une règle dans les cabarets, qui les empêche de perdre une Claf-
fe d'Hommes utiles ; ét qu'on fupprime ,
fans exception , la vente de l'eau-de-
vie à-boire ; ét qu'on ôte le fcandale des
Filles-publiques ; ét qu'on règle tellement les representations theatrales, qu'il
y ait des jours, dans la femaine, où l'affi-
che porte : Les HONNÊTES-FEMMES
PEUVENT AMENER LEURS FILLES.

Je reflechiffais à toutes ces choses,

en-alant à mes affaires. A mon retour
chés moi, j'écrivis fur mon *agenda*, ce
que j'avais penfé. Je ne refortis qu'à dix-
heures-ét-demie ; ét j'alai directement
chés la Marquise, à laqüelle j'en fis part.

LE RETOUR DES SOUPERS.

La pluie continuait, quand je fus dehors,
ét mon manteau, deja pesant par l'humi-
dité qu'il avait confervée, le devenait
encore davantage. Je vis plusieurs voitures dans les rues folitaires du Marais,
qui attendaient leurs Maîtres. Je me
rappelai en ce moment Petrone, ét je
comparai la difference de nos mœurs avec
celles des Romains. Nous leur reffem-
blions beaucoup-plûs à la fin du dernier
fiècle, où l'on avait encore la force de
boire, de manger, ét d'être libertin avec
les Femmes : On pouvait dire de Quelqu'un, à la fin du règne de Louis-XIV,

Qui Curios fimulant, & bacchanalia vivunt.

Aulieu qu'aujourdhui, grâces à l'excès de
corruption ét d'aneantiffement, nous a-
vons des mœurs, finon pures, dumoins
abfolument nulles. Hô! que les Femmes
ne craignent rien, en-tête-à-tête avec
certains Hommes! La converfation fera
decente ét froide, ét on leur parlera de
toute autre chose que d'amour! On fe
jètera dans la physique-celefte, dans la me-
canique, ou les beaux-arts : On ne par-

lera cependant que très-peu de musique,
ni de peinture, depeur d'être forcé de
chanter, ét d'entendre un air attendriffant;
ou d'examiner un tableau voluptueux :
Nous en fommes venus à ce point, que
le plûs fevère Janfeniſte ne trouverait
rien à redire au tête-à-tête du Petitmaître ou de la Petitemaîtreffe les plûs cor-
rompus. Ont-ils le cœur pur? —Oui,
pur, très-pur! Rien d'obfcène dans leurs
idées; plus de mauvaises-penfées dans
leurs cœurs; encore moins de mauvais-
desirs; des mauvaises-actions, helas!
comment les feraient-ils? —Hé! pourquoi cela? —C'eſt qu'ils font épuisés a-
vant d'avoir fenti, avant d'etre foi més:
Ils ont pris le vice en degoût; ils en font
tellement raffasiés, qu'on a vu des Libertins faire de bonnes-œuvres, pour fe tirer de la monotonie. J'en pourrais citer
plûs d'Un... Maischut! un Academicien
vient de faire de jolis vers à une Vertueuse par fenfualité... Qui blâme aujourdhui davantage les Brochures libres? pré-
cisement les Gens les plûs deshonnétes, les
Blâsés de la Nation .. J'obfervai la tranquilité louable des plaisirs des Honnetes-
gens! louable, fi ce n'était pas la mort,
aulieu de la tranquilité. Quoique le
Quartier fût rempli de Gens qui venaient

XV

de fouper, on n'entendait pas un mot;
des faces blêmes ét triftes, pour les Hommes; des Femmes incarnates ét mauffades,
qui f'étaient fi fort amusées, qu'elles gro-
gnaient encore fourdement, en quittant la
voiture. Et voila Paris! le gai Paris!...
Londres, Peterfbourg, Berlin même, le
caftral Berlin, ne font pas auffi taciturne-
nes. J'alai me coucher tout trifte, tant
la vue de nos Heureux eft rejouiffante!

CLXXII NUIT.
LES DEUX - PASSAGES.

J'ai toujours été bleffé de l'infolente propriété des Poffeffeurs des maisons ét
même des Principaux-locataires de Paris!
Un Homme vous loge; vous le payez, ét
il fe croit encore le maître de limiter à
fon gré la jouiffance de votre appartement! il vous oblige de rentrer à quelle
heure il lui plaît: il vous interdit tel paffage; il furveille votre conduite. Quelqu'un pourrait trouver ce dernier point
admirable! Je ne perdrai pas le temps à
lui repondre; je l'obligerai de dependre
pendant huit jours; f'il ne f'eft pas rendu, pendant un mois; enfin f'il perfèvè-
re, pendant un an; ét j'efpère qu'alors,
fes belles ét philofophiques idées lui auront paffé. Il faudrait apprendre aux Propriétaires des maisons de Paris, que la feule

valeur intrinfèque du local eft à eux , &
la jouiffance à Celui qui la paie. La plûsvalue que donne la population eft un avantage dont ils jouiffent , mais qui ne leur
appartient pas : Un Maisonnier de Paris n'eft pas propriétaire , comme un Vil-
lageois , ou un Citadin de petite Ville: Il
doit au Public tout ce qui eft d'utilité publique. Si cette jurifprudence n'exifte
pas dans les Tribunaux , tant-pis ! il faut
l'y introduire. On voit tous les jours un
malicieux Propriétaire , un Principal-locataire égoïftes, interdire, par caprice, au
Public un paffage avantageux, qui racour-
cit, en garantiffant d'un fleuve d'immondices; & je denonce celui qui va de la
rue Saintjaques dans celle Galande , par
une alée en-face de la rue de-la-Parche-
minerie. J'ai vu dans l'hivèr, à la fonte
des néges; dans l'été , lors des orages qui
rendent inviable le bas de la rue Saintjaques, un Procureur, un Libraire, ouvrir humainement la porte de ce paffage,
à des Femmes effrayées par un troupeau
de Bœufs, ou prêtes à être couvertes de
fange par les voitures. C'eft fort bien !
mais ils le refermaient auffitôt , & l'inftant d'après, je voyais des Femmes honnêtes exposées à un danger imminent, ou
tout-aumoins à perdre leurs habits & leurs

X vj

chauffures. Tous les paffages devraient
être ouverts au Publiq; il y a droit; parceque c'eft lui qui donne la plûsvalue à vos
maisons. Le paffage dont je parle ici,
abrége de plûs de la moitié: Il garantit
du plûs mauvais-pas; il faut l'ouvrir, ét
c'eft l'interét du Propriétaire, qui pourra
y mettre des Marchands. Quant aux Co-
chers-de-fiacre, occasion de cet article,
n'eft-il pas vrai que fi tous les paffages
étaient ouverts ét infcriptionnés, jamais
ils n'y feraient trompés? Ils les connaî-
traient: Aulieu qu'aujourdhui ces Malheureux ne favent fur quoi compter, puifque chaque Particulier qui a demeuré dans
un double-paffage, peut en difpofer, en
en gardant une cléf

Le foir, à ma fortie, je me trouvai
dans la rue Galande visavis la porte du
Libraire Durand: Un Jeunehomme def-
cendit d'une voiture, qu'il retenait depuis
le matin. Le Cocher, bien-fûr que le
paffage eft fermé, du-côté de la rue St-
Jaques, gronda un-peu, mais refta fans
defiance. J'avançai, pour fuivre ma
route. A l'entrée de la rue de-la-Par-
minerie, je revis le Jeunehomme marcher fur la pointe-du-pied (il était en
bas de foie blancs), ét rentrer chés lui.
Il ne refortit pas. Une demi-heure a-

près, je repassai dans la rue Galande,
pour voir une Fille, dont les alures m'a-
vaient frappé ; elles contrastaient avec
son air honnête. Je retrouvai le Fiacre.
—Mon Ami (lui dis-je), vous attendez envain ; je viens de voir votre Homme dans la rue Saintjaques-. Le Cocher jura , entra dans la maison. Personne ne savait rien. Le Jeunehomme
avait autrefois occupé un logement sur la
double-issue, ét il avait conservé, ou fait
faire un passepartout. On voit par-là, que
l'abus du passage fermé est très-grand !
Cent Personnes peuvent en user, dans
un cas pareil. Dailleurs, c'est manquer
au Public , que de le fermer ; car non-
seulement il devrait être ouvert , mais il
ferait utile d'en ordonner dans tous les endroits où ils abrégent considerablement ;
c'est une attention qu'on devrait avoir
pour les Piétons , depuis la multiplica-
tion scandaleuse des carrosses ét des cabriolets. Le coin de la rue Galande est
surtout des plus dangereux ; j'y ai vu
perir plusieurs Personnes : C'est une espèce d'égout ; une Femme fort habillée ;
elle avance sans entendre une voiture
que les angles lui cachent, ét elle est couverte de boue ! J'ai vu cet accident cin-
quante-fois , ét sur moi-méme aumoins

dix..... Je reviens. Le Cocher remonta
fur le fiége, ét je crus alors devoir lui
dire la démeure de fon Efcroqueur. Il
y ala ; mais il ne put être payé: L'Homme ne fe montra pas.

Cependant j'obfervais la Jeuneperfonne que j'avais fuivie. Elle entra dans
une maison de la rue du-Petitpont. Je
m'approchai de la porte, ét je montai :
j'entrai chés elle. Elle me presenta un
fiége, en fouriant: Puis, fans me dire un
fcul mot, elle ala fe mettre en-desha-
biller. Ce qui me furprit davantage encore, c'eft que la pièce où elle m'avait
laiffé, était environnée de fentences
grecques. Je ne favais ce que cela voulait dire ; car je ne reconnaiffais pas la
Jeuneperfonne. Une vieille Femme, qui
la fervait, arriva en ce moment. —Hâ!
Monfieur, Mademoiselle vous a donc parlé enfin ? —Parlé ? Non: nous fommes encore à nous dire le premier mot-.
Là-deffus, la Vieille entra auprès de fa
Maîtreffe, ét je demeurai feul environ
un quart d'heure, m'occupant à lire les
fentences, dont voici quelques - unes :
*Chôris 'agkúlês tóxon ; kaì 'áneu 'ei-
pídos 'étor, 'omoïos práttoufi :* (Arc
fans flèches, cœur fans foi, c'eft tout un).
'Oudè 'o Zeus 'outh' 'uôn pántas 'an-

dánei 'oud' 'anéchón : (Qu'il pleuve, ou qu'il faffe-beau, le temps n'eft jamais au gré de tout le monde alafois). *'Abróté, 'Érós, kaï 'Oînos, megálón pémázón 'aitía :* (La Nuit, l'Amour ét le Vin causent de grands maux!) *Paîdos paízoufi karúois, Geróntes d' 'órkois :* (Les Enfanstrichent à la foffette ; les Hommes par des fermens.) *Métide 'apochrúson mê ftété chés :* (Le fecret ét la Femme font incompatibles.) *Philé taîs Moúfais 'Éós :* (Au lever de l'Aurore, les idées font plus nettes.) *'Upeïn 'ápantas 'eîdoufi :* (Tout le monde fait reprendre): La critique eft aisée, ét l'art eft difficile)! Enfin elles rentrèrent enfemble. Aglaé avait un deshabiller blanc, avec un bonnet-rond qui la rendait charmante. Elle vint m'embraffer, en me demandant, f'il y avait longtemps que je n'avais revu Madame Sailli ? —Nous ne nous voyons pas. —Pourquoi, Monfieur, ne pas la voir ? L'avez-vous oubliée ? —Non : je me fouviendrai toujours d'elle... Mais comment la connaiffez-vous? —C'eft ma mère. —Votre mère ! —Oui, c'eft ma mère. Elle m'a nommé mon Père ; elle me l'a montré : C'eft l'Homme auquel eft arrivé cette avanture, à laquelle, moi, je dois le jour... Je lus: c'était

l'avanture du PAYSAN, où Edmond eſt
berné par quatre Mouſquetaires *.

Je fus vivement ému !... Je demandai
à la jeune Aglaé, ce qu'elle était ? —La
Maîtreſſe d'un Homme-de-merite, auquel ma Mère m'a donnée. —Vous me
faites de la peine ! cette ſituation... —Je
l'aime, ét il m'adore. —Croyez-vous
qu'il vous épouſe ? —Ce n'eſt pas avec
vous qu'il faut deguiſer..... C'eſt fait ,
mais ſecreitement.... En voici la preu-
ve-. Et elle me preſenta l'acte de cele-
bration. Je fus au-comble de la joie.
—Que feſiez-vous dans la rue ? —Je
vous ai aperçu. J'ai envoyé la Bonne
vous prier de venir. Elle n'a pas oſé
vousparler. Vous m'avez remarquée, ét
j'ai eſperé ce qui vient d'arriver. —Ma
chère Aglaé (lui dis-je), il faut que je
vous donne une Protectrice puiſſante :
Voulez-vous, pouvez-vous venir avec
moi, ce ſoir? —Oui , je le veux, ét
le puis ; mon Ami eſt en-campagne-.
Nous partimes tous trois, pour aler chés
la Marquiſe.

Avant de preſenter Aglaé, je previns
Mad De-M**★**, qui fut extrêmement
curieuſe de la voir. Sa figure la char-

---

* PAYSAN-PAYSANE , T. III , p. 456.

ma : Elle lui parla quelque-temps en particulier, ét comme il ne falait pas qu'A-
glaé rentrât trop tard , ni qu'elle decou-
chât, elle nous renvoya de bonne-heure.
Je remenai la Jeuneperſonne , ét je me
retirai ſans entrer.

LA MORTE VIVANTE.

Il n'était que minuit , lorſque je me
trouvai devant un cimetière , que je ne
nommerai pas. Je vis des Garſons-chirurgiens errer autour de la porte. J'appris d'un Homme du Voiſinage, qui rentrait chés lui, qu'on avait enterré, le ſoir
même, une Jeunefille de 18 ans. Lés Chirurgiens entrèrent, lorſque je me fus re-
tiré. Mais je les obſervais: Ils emportè-
rent la biére , après en avoir enlevé une
planche , pour reconnaître le corps. Je
les vis entrer dans une petite rue étroite
ét ſale , où ils avaient un amphitheatre.
Ce trait reſſemble beaucoup à celui que
j'ai deja rapporté ; mais les details en
ſont bien differens! La fraîcheur de la
terre avait ranimé la Jeunefille ; elle
ſoupira , dès qu'on eut ôté la planche.
Les Garſons-chirurgiens n'en furent que
plus empreſſés à l'emporter. Arrivés
à leur amphitheatre ſecret , dans lequel était un lit , ils l'y depoſèrent , ét
employèrent , pour achever de la rani-

mer, les fomentations les plûs douces.
Elle revint. Ils lui adminiftrèrent un
cordial, ét en très-peu de temps, elle
recouvra une entière connaiffance. Elle
fut très-furprise de fe voir en pareille
fociété! Ils la raffurèrent par les plûs
grands égards. Ils lui diffimulèrent la
fituation d'où ils l'avaient retirée, de-
pcur de lui caufer un faififfement ; ils lui
firent entendre, qu'elle avait été dans un
état desefperé, qui avait obligé fes Parens à la leur confier. Elle eut une feconde attaque de fa maladie, qui était
caufée par un developement trop violent des facultés physiques ét morales :
Ils la calmèrent d'une manière, qui n'aurait pas eu lieu chés fes Parens, mais qui
était loin du crime, ou même du manque
de ce refpect qu'on doit aux Vierges. Elle
revint de la crife ét parut calmée. On voulait favoir fa demeure, ét on l'apprit ai-
fement. Ce fut alors que je vis, comme
je l'avais deja remarqué, combien ces Jeunesgens, la plupart étudians en medecine, étaient eftimables! ils portèrent, le
matin, avant le jour, à l'heure où l'on n'a
ni Garde, ni reverbères à redouter, la
Jeuneperfonne chés fes Parens : Ils frappèrent à coups-redoublés. Je m'approchai pour-lors, ét après leur avoir te-

moigné mon eftime, je me chargeai du
refte, en leur proteftant que je leur ferais
payer le tribut de reconnaiffance qu'ils
meritaient. Ils étaient fi reellement vertueux, qu'ils furent enchantés de ma
propofition : Deux reftèrent pour porter la Jeuneperfonne jufqu'à fon lit, ét
tous les Autres fe retirèrent.

L'étonnement, ét même la frayeur furent extrémes! Le Domeftique qui nous
ouvrait, aurait refermé la porte, fi je
n'avais prevu fon action. Je l'en empêchai, en le repouffant, ét me jetant
dans la maifon. Je lui ordonnai d'aler
éveiller, ét faire lever fes Maîtres. Ils
ne couchaient pas chés eux... C'eft une
imbecillité de notre fiècle, de fuir tout
ce qui rappelle l'Objet qu'on a perdu !...
Une Femme-de-fervice fe prefenta :
Nous mimes la Jeuneperfonne dans fon
lit ; nous demandames du confommé, ét
un-peu de liqueur fpiritueufe ! mais feulement pour embaumer la bouche, la
liqueur lui aurait été contraire ; nous
la fimes fuer, parceque nous nous aper-
çumes qu'elle venait de contracter un
rume violent, dont la fièvre pouvait la
tuer, ét nous prefcrivimes le regime.
Pendant ce temps-là, le Domeftique
avait été chercher fes Maîtres. Ils ar-

rivèrent à 7-heures du matin, trois heures après, tant on avait eu tant de peine
à penetrer jufqu'à eux : J'alai les prevenir de la conduite à tenir, tandis que les
deux Etudians difparaiffaient. Leur Fille
fut foignée par mes feules ordonnances.
Elle en eft revenue : Et peutêtre le rume
qu'elle prit, ét qui devint d'une force in-
concevable, fut ce qui la fauva, en chan-
geant le cours de la maladie.

CLXXIII NUIT.
SUITE DES BULLETINS.

En fortant, j'alai droit au dépôt, où
je trouvais quelquefois des Bulletins : Ce n'eft pas que j'euffe une raifon
pour y aler plutôt qu'une autre foirée,
mais je fuivais toujours mon impulfion :
En-effet, plufieurs f'y étaient accumulés.

1, Claire-d'Orbe, ou le Pendant de
la Nouvelle-Éloïfe : Ouvrage où l'on
voit fur la fcène, tout ce qui fe paffe derrière le rideau dans la Nouvelle-Éloïfe.
¶ Je fens que cet Ouvrage pourrait être
très-intereffant ! mais il ne faut pas
l'entreprendre, fans avoir une étincelle
du feu, qui animait J.-J.-Rouffeau.

2, La Contrenouvelle-Éloïfe, en autant de Lettres que la Veritable. ¶ Il
fuit de-là, qu'il faudrait faire une É-

loïse non-attachée à son Precepteur,
non-amoureuse, non-faible parconsequent; dans laquelle les peintures de
l'Élisée de Clarans seraient contrariées
par celles de nos Ridottes, de nos Wau-
xhalls, de nos Pantheons, ét de nos Cer-
cles. † L'Ouvrage demanderait un talent sublime, qui creât des situations,
ét rendît la vertu, la raison bien inte-
ressantes! Ce qui est rare!

3, L'Amoureuse. ¶ Audessous était
écrit en note, pour ne pas entrer dans
le titre: † Ou conduite d'une Fille qui
aime, depuis la première émotion, jusqu'au dernier effet de l'amour. § Cet
Ouvrage peut être fait deux-fois: on
marcherait sur une double ligne, en prenant deux Jeunespersones, de caractère
ét de conduite absolument opposés.

4, Le Tour-de-France, ou Tableau
fidèle des Mœurs des differentes Provinces: Par un Exabbé, devenu Compa-
gnon-Rouleur. ¶ Pour celui-ci, l'utilité en est demontrée; cet Ouvrage pas-
serait à la Posterité. Je regrettai sin-
cèrement de ne pouvoir le faire; car je
le sentais dans toute son étendue. Peindre avec precision ét verité toutes les
nuances qui se trouvent dans la façon-
de-voir ét d'agir des Habitans des Vil-

les, à-mesure qu'elles sont distantes de
la Capitale, au levant, au couchant,
au midi, au nord : Faire des tableaux
frais, d'après ce qu'on aurait vu : point
de prolixité ; cependant exposer fidè-
lement le langage, par quelques phra-
ses, qui en montrent les differences ; dire
un mot des ressources ét du commerce ;
parler de l'industrie, du goût-du-travail,
des causes des qualités ou des vices.
Il ne faudroit rien sauter ; ét pour cela
voyager dans une petite carriole legère,
traînée, par un Baudet de la haute-es-
pèce, ou par un Muleton ; descendre
souvent ; visiter les campagnes écartées,
séjourner un-peu dans les Villages in-
termediaires des Villes ; demeurer aumoins un mois dans celles-ci. Plûs-
jeune, j'aurais fait ce voyage, avec au-
torisation du Gouvernement, ét l'octroi
de la depense la plûs simple, pour moi
ét mon Muleton. Je ne le pourrais plus.

5, Est-ce un Roman ? ¶ En note je
lus : C'est le titre que je donnerais à un
Ouvrage, où l'on ferait passer dans les
mœurs des Personages, tous les abus,
ét tous les vices actuels de la Société,
opposés aux mœurs d'un seul Persona-
ge vertueux, simple, paisible ; qui, à-
defaut d'intrigue, demeure toujours

dans la mediocrité: Demontrer, que ce
même Homme, avec fa vertu, fi elle eft
conftante, eft plûs heureux, ét devient
plûs glorieux que les Intrigans qui f'a-
gitent: Faire-voir, par des traits cités
(car tout cet Ouvrage doit être hiftori-
que), que fi quelques Hommes vertueux
ont eu malheur ét obfcurité, c'eft que
leur vertu n'a pas été pure; elle a eu
des taches, qui lui ont ôté fon éclat ét
fa fûreté: Peindre vivement les peines,
les agitations, les infomnies cruelles,
les embarras de toute efpèce de Intri-
gans, des Hommes faux, ambitieux,
libertins. † Je penfe que cet Ouvrage,
peinture fidelle des mœurs, aurait un
très-grand fuccès! Mais qui le fera?
Un Homme-de-genie, très-repandu.

LA PAUVRESSE AVEC SES ENFANS.

Tandis que je marchais, en reflechiffant aux titres que je venais de lire au
foyer d'un reverbère, j'entrevis une pauvre Femme, cachée dans l'ombre d'une
porte. Elle avait un Enfant au maillot
fûr fes bras, ét trois Autres qui tenaient
fon tablier. Tout cela paraiffait plongé
dans la fouffrance ét laplûs degoûtante misère. J'avais ouï dire, qu'il y a des Femmes qui lonent des Enfans pour mandier.
Je foupçonnai Celle-ci: J'étais alors dans

une position trop favorable , la protection ét la bonté de la celeſte Marquiſe me communiquaient un pouvoir trop étendu , pour que je negligeaſſe de m'éclaircir. Je m'approchai : —Madame , (dis-je à la Pauvreſſe), je puis vous ſoulager: mais ce n'eſt pas un ſecours momentané que je veux vous donner : Il ſera durable-. A ces mots, la Femme attendrie tombe à - genoux , ét remercie Dieu. —Elle a de la piété (penſai-je) ; ce n'eſt pas une Fourbe : mais voyons... Conduisez-moi chés vous , à-l'inſtant. —Alons, mon cher Monſieur-(repondit-elle). Elle me preceda. Nous entrames dans la pettite ét ſale rue du-Renard. Nous montames dans un galetas , par une eſcalier demi rompu. Là , je trouvai le Mari malade d'une hydropisie de poitrine ; tous les Enfans étaient à eux. Hô! combien je me felicitai de n'avoir pas été dur!... comme preſque tous-ceux chargés d'adminiſtrer les bienfaits des Autres !... Il n'y avait pas à differer.. Je courus chés Mad. De-M***; je voulus lui parler ; je lui peignis la ſituation du Mari, de la Femme , des Enfans... La Marquiſe treſſaillit. —Je ſors ; je vais avec vous: C'eſt ici une occasion , où je le dois-. Elle ſortit à-pied , ſuivie

d'un

d'un Laquais, ét donnant le bras à la Femme-de-chambre : je precedais. J'entendis la Marquise qui disait à la Dernière, —Voila donc comme font les rues le foir?.. Si nous alions voir quelque fcène terrible! —Ce n'eft pas encoré l'heure, Madame! (repondis-je). —Dailleurs (reprit la Marquise), je fuis bien accompagnée-. Elle avait à-peine achevé, que nous entendimes crier, dans la rue des-Juifs, vis-à-vis laquelle nous étions, —A moi! A moi! Au fecours-!... La Marquise effrayée, quitta auffitôt le bras de la Femme, ét vint fe jeter au mien. Je la priai de fe raffurer, ét de me permettre d'aler voir ce que c'était. Elle ne le voulut pas. Elle tremblait. Nous paffames ; mais j'entendis encore les cris. Heureusement il furvint une Efcouade, que nous envoyames dans la rue des-Juifs ; la Marquise priait, fuppliait le Sergent de courir bien vîte... Nous arrivames chés la Pauvreffe.... Hà! que la fenfibilité d'une Femme vertueuse eft fublime! Comme la Marquise confola ces Infortunés, en les foulageant! Comme elle devina tout!... Elle arrangeait elle-même le Malade ; elle effuya la fueur, causée par l'émotion de la joie : Elle envoya chercher un Medecin habile, en

Tome IV, VIII Partie.   y

recommandant bien à fon Domeftique
de prendre garde à lui ! Le Laquais fortit
en fouriant. Elle attendit l'arrivée du Medecin ét du Chirurgien. Ils vinrent. Plus
d'efperance ! On n'en dit rien au Malade.
La Marquife confola l'Epouse, ét lui promit de ne jamais abandonner ni elle, ni fes
Enfans. Le Moribond entendit ces mots.
Il faisit un bout de la robe de la Marquise, qui f'agitait, ét le tint fur fes lèvres : —Je vais donc mourir content !
(dit-il à fa Femme): Qui l'eût penfé, ce
matin-! Je vis que cet Homme avait eu
de l'éducation, ét j'ai fu depuis, que c'é-
tait un Fils de bonne famille de province,
qui f'était marié par inclination.

Nous fortimes. La Marquise était
trop effrayée pour retourner à-pied ;
elle pria le Medecin, de dire qu'on lui
envoyât fon Caroffe : ét fur fon offre,
elle monta dans celui de cet Honnête-
homme. Je remenai la Femme de-cham-
bre, qui me donna le bras. A notre arrivée, nous trouvames la Marquise très-
inquiète ! Elle fe reprochait d'avoir
laiffé fa Femme exposée aux dangers de
la nuit. —Bon! Madame! j'irais avec
Monfieur, dans toutes fes courfes, fans
rien craindre? —Hâ! (me dit la Marquise), quand je vous demande des Avan-

tures, je reſſemble donc à ces Maîtres
barbares des Nègres, qui leur font extraire le ſucre à-coups de-bâton-! Je la
raſſurai de mon mieux, ét je lui promis
qu'elle ſaurait le lendemain, la cauſe des
cris qui l'avaient épouvantée.

En ſortant, je courus dans la rue des-
Juifs. Tout y était calme. Je cherchai
une boutique de Boulanger dans le Voiſinage, ét comme ces Gens-là ne ſe
couchent pas, j'y frappai. Je pris des
informations. On me fit entrer, à-cauſe
du froid ; je m'aſſis devant le four, ét le
Boulanger me dit: —C'eſt une Femme
ſeparée d'un mauvais Mari, ét qui vit
comme elle peut de ſon travail : mais de
temps-en-temps, ce Miserable, qui eſt
un ivrogne, vient la maltraiter, malgré
les defenſes qui lui en ont été faites. Enfin, il a été arrêté ce ſoir, par la Garde, à la recommandation d'une Dame
reſpectable, Mad. la Marquiſe de-M****,
ét il ſera puni-. Je fus ſatiſfait de ce
que j'entendais, ét je me retirai.

CLXXIV NUIT.
LE CROCHETEUR LE SOIR.

Ordinairement tous les Porteurs ſont
diſparus, à l'entrée de la nuit, ét
ce qui n'eſt qu'un usage, devrait être
une loi. Je venais de ſortir, ét j'étais

dans la rue des-Noyérs , lorſque j'entendis un Homme âgé , qui ſ'emportoit , ét un Crocheteur chargé , qui non-ſeulement lui repondait par des injures , mais qui le menaçait de ſon appui , c'eſt-à-dire , du bâton ſur lequel il ſe repose. Je m'approchai un-peu trop vîte , ét je donnai dans des tringles qui tenaient toute la largeur de la rue. Je compris alors le ſujet de la querelle. L'Homme était bleſſé à-ſang audeſſous de la tempe , parce-qu'il ſ'était avancé vivement , ſans voir la charge portée. Tout-le monde , qui me connaît dans ce quartier , penſa que j'alais prendre le parti du Crocheteur : mais j'obſervai , qu'il était contre le bon ordre , qu'on portât le ſoir , une charge invisible , juſqu'au moment où elle nous frappe , ét que le Porteur était reprehenſible , pour cela ſeul : Que ſon mauvais-cœur ét ſes menaces le rendaient en-outre perſonnellement coupable. A ces mots , le Crocheteur voulut me frapper. J'évitai le coup : Je fis appeler la Garde voisine , ét il fut conduit chés le Commiſſaire. Je menai avec moi l'Homme bleſſé. Je representai à l'Officier-public l'inconvenient de porter le ſoir de pareilles charges : Je parlai de l'extréme dureté-d'âme du Porteur ,

ét je conclus que, fans confideration pour
cet Homme-de-peine , il fût envoyé en-
prison. —J'ai une Femme ét des Enfans !... —Tantpis ! (repondis-je) : je
prie inftamment , en mon nom , ét au
nom de Monfieur , Monfieur le Commiffaire de vous envoyer en-prison, precisement parceque vous êtes pauvre, ét
que nous n'avons pas de recours pecu-
niaire contre vous, pour votre infolence
ét nos bleffures-. J'obtins ce que je de-
mandais , ét en-outre , que les marchan-
dises portées , refteraient chés le Commiffaire. Je dis enfuite , que j'engage-
rais une Perfonne puiffante , à obtenir
du premier Magiftrat une condamna-
tion contre les Gens qui avaient employé le Crocheteur , laquelle ferait
donnée à fa Femme , pour la dedomma-
ger des 48-heures que fon Mari alait refter en-prison. Tout-cela fe fit.

Je fortis avec l'Homme bleffé , qui
entra chés un Chirurgien de ma connaiffance. On arrangea fa bleffure; ét comme il demeurait fort-loin , dans le faubourg Saintmarcel , je le reconduisis.
Nous parlions , ét il me raconta plusieurs traits ; entr'autres celui-ci.

On dit quelquefois, en badinant, *Pendu la première fois ; rompu la feconde.*

Cela s'est verifié dans un Normand. Il est par-tout des Hommes naturellement durs et mechans, comme le Crocheteur que nous quittons. Un nommé Lefèvre, fils d'un Maquignon de Rouen, était si dur, que tout-le-monde le redoutait, ét que les Chevaux tremblaient devant lui. Un-soir, il eut querelle avec un Homme, qui ramenait à son Père un Cheval-de-loüage ; d'un coup-de-poing, il renversa l'Homme, qui ne se releva pas. L'action fut sue ; ét comme le Fils du Maquignon avait deja reçu en Justice plusieurs injonctions pour ses brutalités, il fut condamné à être pendu, comme homicide. Il était si generalement haï, que lorsqu'on l'executa aux flambeaux, les Garsons du Peuple lui criaient, —Lefèvre, si tu en reviens, tu seras rompu—. Il fut executé. M. Lecat, chirurgien de l'Hôpital, avait traité de son cadavre, ét comme il était tard, il lui fut delivré sur-le-champ. On mit le corps dans une bibliothèque, où étaient tous les instrumens d'anatomie. On y avait alumé un grand feu. C'était l'heure du souper ; car on soupe en Province, parce qu'on dîne plutôt, ce qui est un grand avantage pour la santé ! Pendant le repas, on agita, Si les vertèbres du col

étaient toujours rompues par l'Execu-
teur? Une autre difpute, relative à l'art,
f'éleva entre le Chirurgien, ét fon Confrère. Enfuite, M. Lecat, qui avait une
excellente memoire locale, cita le livre,
en indiquant le rayon de la bibliothèque,
ét la page de l'Auteur qui était pour
lui. Il envoya fon Domeftique chercher
le Volume. Le Domeftique y courut :
mais, arrivé à-l'entrée de la bibliothèque, il vit, à la lueur du feu, le Pendu qui, machinalement attiré par la chaleur, fe traînait auprès du foyer. Nous
avons dans nos campagnes, ét parmi le
Peuple des Villes, des prejugés fi fots,
qu'il eft rare que les Gens fans éducation les furmontent : Le Domeftique effrayé, tomba glacé de frayeur. Comme
il ne revenait pas, on envoya le Domeftique du Confrère, qui ne revint pas
davantage ; il fut même encore plùs épou-
vanté ; il crut que le Revenant avait tué
fon Camarade ! Les deux Chirurgiens
fe levèrent, ét alèrent eux-mêmes à la
bibliothèque : Ils virent alors quelle était
la caufe de la frayeur de leurs Valets.
On faigna le Pendu : On le mit au lit,
on le foigna, pendant trois femaines,
avec toute l'attention que donne à fes
operations un Artifte habile, qui veut

approfondir toute la puiſſance de ſon art.
L'Homme fut retabli parfaitement. Lorſqu'il eut recouvré ſes forces , le Chirurgien lui dit : —Vous ſavez combien
votre brutalité vous a été funeſte ! Ex-
patriez-vous , faites-vous matelot, ét
tâchez de vous moderer à l'avenir-. Il
lui donna dix écus, pour ſubſiſter juſqu'à ce qu'il ſe fût engagé. Lefèvre, en-
ſortant de chés ſon Sauveur , acheta un
couteau. Il ſortit de la Ville , ét prit la
route du Hâvre. A peu de diſtance de ſa
Ville natale , il rencontra un Marchand-
de-bœufs , auquel il ſuppoſa beaucoup
d'argent. Il faut que l'air de nos priſons
inſpire la ſcelerateſſe , puiſqu'on en ſort
toujours ſcelerat. Cela vient du regime,
de la dureté barbare des Geoliers , qui
accoutumés à mepriſer l'Humanité, trai-
tent les Priſonniers, comme Ceux-ci ont
traité les Paſſans qu'ils depouillaient ; de
la cruelle indifference des Juges eux-mêmes, qui ne montrent aux Accuſés qu'u-
ne inhumanité reflechie. Je ſuis fâché
de donner cette dernière cauſe ; je l'ef-
face , ét la remets, pour dire la verité :
les Juges de Province ſurtout , ſemblent
des Chaſſeurs, qui craignent de manquer
leur Proie, ét qui triomphent, de la manière la plûs atroce, ſ'ils embarraſſent

un Accusé. Je l'ai vu... Lefèvre, devenu fcelerat en-prifon, refpectant peu les
droits facrés de l'Humanité, qu'il avait
vus fouler aux piéds, fe jeta, comme un
Tigre, fur le Marchand : mais fon mauvais couteau fe ferma, ét aulieu de tuer
l'Homme, bleffa le Meurtrier à la main.
Il fut arrêté, conduit en-prifon, ét interrogé le jour fuivant. Lorfqu'il parut
devant le premier Juge, ce Magiftrat fut
frappé de fa reffemblance avec Quelqu'un à lui connu : Il dit au Greffier :
—J'ai vu cet Homme. —Moi auffi. —Je te
connais? (dit le Juge). —Oui, Monfieur.
(Obfervons ici, que par refpect pour
l'Humanité, ét pour la grandeur de fon
miniftère, le Juge ne devrait jamais tu-
toyer l'Accufé : S'il eft innocent, ô Juge, refpectez fon malheur ! S'il eft coupable, ô Juge, refpectez la Victime dans
la gorge de laquelle vous alez plonger le
couteau de la loi)!... —Où t'ai-je vu ?
—Ici. —Quel eft ton nom? — Louis Lefèvre. —Ton état? —Maquignon. —Ta
demeure? —Telle rue. —Le nom de ton
Père ? —Benigne-Lefèvre. —Je te connais ; j'ai tout-cela present ? Quand t'ai-
je vu, ét pourquoi ? —Pour me condamner à être pendu, il y a trois femaines. —Hâ!... Hé! comment es-tu ici-?

L'Affaffin raconta tout ce qui lui était arrivé. M. Lecat fut apelé. Il reconnut le Malheureux, ét fe défendit avec la dignité qui convenait au Chirurgien de l'Humanité pauvre : —J'ai fait mon devoir (dit-il au Juge) ; faites le vôtre-. Ce fut toute fa défenfe fublime. Cependant il ajouta quelques mots, par manière d'entretien. —J'avais acheté le corps, pour être utile à l'Humanité, en le diffequant ; j'ai trouvé un autre moyen d'être utile, dans cent rencontres, en le rappelant à la vie ; j'ai fait ce que mon état me prefcrivait ; j'ai faisi l'occasion d'exercer la Chirurgie fur un Suffoqué par la fufpenfion, foit que la folie l'ait conduit là, foit qu'il ait été victime du crime d'Autrui-. L'Affaffin fut condamné à la roue, ét le lendemain rompu vif. Lé Chirurgien, auquel appartenait fon corps, aurait desiré de faire un nouvel effai, fur un Homme auffi vivace, fauf à ne pas lui rendre la liberté; mais on ne le permit pas. On pourrait le tenter fur Un-autre, moins coupable : Par-exemple, au lieu d'étrangler l'Affaffin-delateur, avant les coups, lui offrir de les recevoir, ét d'être remis entre les mains d'un Chirurgien d'Hôtel-dieu, après un, deux, trois, fuivant le crime-.

Nous arrivames chés l'Homme bleffé, que je remis à fa Famille; après quoi, je le quittai, pour revenir chés Mad. la Marquise. Je racontai ce que je venais de faire. Elle en fut furprise ! mais je lui detaillai mes raisons, avec tant de force, qu'elle m'approuva, furtout après que je lui eus cité un trait pareil arrivé en 1755, 6, ou 7; le Bleffé avait une épée ; il la paffa au-travers du corps du Crocheteur imprudent, ét f'en-ala, fans que jamais on ait fu où le trouver. —Ne parlons donc plus de cela (reprit la Marquise), mais des dangers que vous courez la nuit ? —Madame : (lui repondis-je), votre fexe doit être timide ; fouvent il eft chargé d'un depôt precieux, que la Nature conferve par cette timidité, qui eft une qualité dans les Femmes : mais nous, Madame, nous devons être hardis jufqu'à la temerité ; c'eft le lot de notre fexe, ét une qualité en nous. Mais je ne m'expose pas : La police eft trop bonne, ét je fuis fort-. Ces raisons la raffurèrent, ét elle me dit, en fouriant un-peu : —Soyons donc tous, ce que nous devons être-.

Je m'en revins, après mon fouper ét mon recit. Je ne lisais plus que rarement. J'apportais à la Marquise les Livres nouveaux, qu'elle parcourait pendant le jour, ét la bienfesance employait le refte de fon temps: Elle paffait trois heures par-jour dans la Maison-de-travail qu' elle avait établie; Elle alait au Couvent visiter Celles dont elle y payait la penfion; Elle confacrait quelques heures à fecourir les Malades, ét la journée finiffait.

CLXXV NUIT.

LES QUATRE FILS.

Il était 10-heures, quand je me trouvai fur le quai de la-Monnaie, près le Pont-henri. J'avais voulu revoir la Jolie-Chandelière, qui demeurait encore chés fes Parens. Quatre Hommes, dont l'un était de ma connaiffance, marchaient en hâte, ét fort-inquiets. —Que cherchez-vous? (leur dis-je). —Notre Père! (me repondit Celui qui était en relation ‹c moi›) : Il eft malade, depuis quelque-temps ; fa tête fe trouble. Vers les 5-heures, il eft forti feul; on l'a vu par-ici; ét nous fommes bien-inquiets! Je fis quelques pas avec les quatre Fils, qui ne trouvèrent pas leur Père. Je les laiffai, pour aler chés la Marquife.

Je n'avais rien à lui raconter. Je lui lus les deux traits de MONSIEUR-NICOLAS, ou LES RESSORTS DU CŒUR.

HUMAIN DEVOILÉS ; les REMORDS,
ét les ADIEUX DE COLOMBE *.

A mon retour, je me trouvai dans le
même quartier, où j'avais rencontré les
quatre Fils. J'avançais, en reflechiffant
à l'Ouvrage dont je venais de lire deux
morceaux, ét je m'attendriffais : ––On
vous connaîtra (m'écriai-je), ô celefte
Parangon! on vous connaîtra, ô Filles
charmantes ét bonnes, que j'ai eftimées
dans mon printemps ! Jeannette, Ma-
.delon, Mariejeanne, Edmée-Servigné,
Colombe, Marianne-Tangis, on faura
que votre fexe fut honoré par vos qualités ét vos vertus ! Vous y ferez, ô
Elise! ét vous Louise ét Terèse-! A ces
mots prononcés tout-haut, j'entendis
foupirer profondement, ét mon oreille
fut frappée d'un fon faible ét lointain,
qui femblait dire, *A moi ? à moi !* J'é-
coutai. Je courus du côté d'où partait
la voix : mais aulieu de fe fortifier, elle
f'affaibliffait. Je tournai, retournai,
fans rien trouver. J'alai dire à la Sen-
tinelle du chantier, ce que j'avais entendu : mais il n'en avait aucune connaiffance. Je revins fur mes pas. A l'aile

---

* On retranche ces deux morceaux, qui fe
trouveraient repetés, dans l'Ouvrage dont on
vient de lire le titre : Il fuivra les NUITS.

inferieure du Collége des Quatre-Na-
tions, je trouvai un Auvergnat endormi.
Je me crus au-fait. Je l'éveillai. Ce
Malheureux était ivre, ét glacé de froid.
Il ne pouvait marcher; fes membres
étaient roides. Je le foutins, ét le con-
duisis jufqu'au Gros-caillou. Il était fix-
heures, lorfque je fus de retour vis-à-
vis la Nouvelle-Monnaie. Quel fpectacle f'offrit à ma vue! Les quatre Fils,
que j'avais rencontrés le foir à dix-heu-
res, avaient recommencé leurs recherches à l'aurore. Je les revis montant
par le paffage de l'Abreuvoir, chargés
d'un Cadavre, qu'ils venaient de retirer
de l'eau... Je m'approchai. C'était leur
Père!... Ils fondaient en larmes, ét pouvaient à-peine fe foutenir. Voici le trifte
recit qu'ils me firent.

La tête de notre pauvre Père f'affaibliffait par l'âge. Il avait des difpara-
tes; mais l'on n'en craignait rien, parce qu'il était tranquile. Comme il était
foulagé par des demi-bains, il en prenait
fouvent, ét il les demandait hièr-foir à
5-heures. On était occupé. Il fortit,
en difant: —Les bains me font du bien;
je veux en prendre un bon, qui me gue-
riffe toutafait-. Son intention, en venant
ici, n'était pas de fe noyer: mais la tête
n'y étant plus, il paraît que notre pauvre

Père a voulu se mettre les pieds ét les jambes dans la rivière. Il n'y sera entré qu'à nuit close : Nous avons vu qu'il s'était assis sur une pierre, à l'entrée de l'abreuvoir, ét qu'il s'était dechauffé, pour se mettre dans l'eau jusqu'aux genoux. Il est mort de froid ; puisqu'après avoir perdu ses forces, il est tombé le visage dans le limon. Ce matin nous sommes revenus : Un de nous a regardé pardessus le parapet : il a vu comme un Cadavre demi-flotant : Le batement-de-cœur l'a pris : Il nous a tous appelés. Nous sommes accourus... C'était notre Père-!

Tel fut le recit des quatre Fils. Leur infortuné Père n'était pas suicide... Ils alèrent faire leur declaration chés le Commiffaire, qui d'après une explication detaillée, leur permit d'emporter le Corps.

En quittant les quatre Fils, je trouvai la singulière Fille, deguisée en homme, dont on a vu la rencontre dans les CLVIII ét CLIX NUITS. Je saisis l'occasion de savoir la suite de son avanture. —Ecoutez-moi bien attentivement! (me dit elle): J'ai entendu parler avantageusement de vous, ét je ne veux rien vous cacher.

» Ma Mère fut, elle est même encore une belle femme: Grande, ayant l'air noble, majestueux-même, elle avait en-outre les grâces touchantes des Petites-

femmes. C'était une Beauté accomplie ;
elle réünissait tout. Ajoutez, qu'elle est
blonde, ét que les Beautés de ce genre
font plûs délicates, plûs fleuries, plûs
brillantes que les Brunes. Son Mari était
brufque, fantafque, ét prefqu'aveugle, par
une goutte-ferène. Il la tourmentait,
l'aimait, la calomniait, l'adorait, ét cela
plusieurs-fois dans un feul jour. Vous in-
ferez de là comme il devait être aimé !....

» M. De-Hanchart avait un Ami, jeune, aimable, poli, ét fans fatuité, quoique capitaine à 29 ans. Tel était le Jeu-
ne-Officier, qu'un Mari difgracié de la
nature eut l'imprudence de donner pour
fociété affidue à une jeune ét charmante Époufe, moins âgée que lui de 17 ans !

» M. De-Flavien trouva la maison
de fon Ami fi agreable, qu'il y prolongea
fon fejour pendant tout le femeftre : Il
ne la quitta qu'à-regret, ét en fe promet-
tant d'y revenir. Il adorait Mad. De-
Hanchart, fans qu'il f'en doutât : Ils f'é-
taient vus avec plaisir ; mais la presence continuelle du Mari, la vertu de la
jeune Epouse ; la presence d'une Enfant
cherie, qui avait alors fix ans, ét l'honneur de M. De-Flavien avaient écarté de
leurs cœurs l'idée d'une paffion criminelle.

» M. De-Hanchart avait vu, avec un
plaisir infini, l'innocence de la liaison

de fon Ami avec fon Epouse : Il different un voyage en Provence, pour des affaires épineuses : Il le fit aux environs du mois de feptembre, temps auquel fon Ami devait revenir à Paris. Il lui écrivit de hâter fon retour ; et le motif qu'il lui en donna, c'eft qu'il le laifferait avec Mad. De-Hanchart, pendant un temps affés confiderable. M. De-Flavien accourut. Il n'avait que trop fenti, depuis fon retour à fon Regiment, combien la presence de Mad. De-Hanchart était neceffaire à fon bonheur ! Il revint avec tranfport ; fans neanmoins avoir encore des vues criminelles. M. De-Hanchart le reçut comme un veritable ami, et refta quinze jours après fon arrivée, quoique fon depart fût indifpenfable, et M. De-Flavien les trouva très-longs ! Il partit enfin.

» Les premiers jours qui fuivirent le depart fi vivement desiré, M. De-Flavien fe trouva très-heureux ! Il ne quittait pas fon aimable Hôteffe, et il en avait un prétexte fpecieux, fon Ami le lui avait recommandé. Leurs entretiens étaient affectueux, et même tendres, quoique très-honnêtes au-fond. Mais l'intimité, la familiarité même f'établiffaient par-là : On fe plaisait enfemble : on le fentit très-vivement : Enfin, un-jour, on s'écria, comme de-concert: —Hâ! que ne nous sommes-nous connus, lorsque nous étions libres-! Ce mot fut comme une declaration. Depuis ce moment, on s'ouvrit mutuellement son cœur; on se communiqua ses sentimens. On s'aimait; après se l'être dit, on se le prouva de toutes les manières, ét mon existance commença....

L'absence de м. De-Hanchart dura dixhuit mois. Je vis le jour environ le quinzième. Il fut parconsequent très-aisé de me souftraire à la connaiffance du Mari. Ma Mère qui était grande, cacha facilement sa groffesse. Elle accoucha de moi hors de chés elle, ét je fus confiée à une Nourrice.

Jamais Enfant ne fut auffi vivement aimée de Ceux qui lui ont donné le jour! Ma Mère me cheriffait, ét se derobait souvent pour me voir: Mon Père m'adorait. Je parvins à l'âge de dix ans la plus heureuse des Creatures. Je voyais souvent mon Père, qui était avancé en grade, ét sa tendreffe était-extrême. Je jouiffais plûs rarement de la vue de ma Mère; mais j'en étais auffi tendrement careffée. Quelquefois je les voyais ensemble; ét alors les marques de leur attachement femblaient redoubler.

A cette époque, leur bonheur ceffa.

Car ils étaient heureux, ét ils l'étaient
par moi, qui cimentais l'union de leurs
cœurs. M. De-Hanchart, depuis son
retour, avait repris toutes ses humeurs,
ses manières insupportables : Il était jaloux, denigreur envers sa Femme :
Quelquefois il disait : — Elle n'aime rien!
Je voudrais qu'elle aimât ; je saurais aumoins si elle a une âme... Hé! plût-à-
dieu qu'elle fût éprise de Flavien! C'est
mon ami; je me trouverais heureux
d'être aimé dans un autre moi-même-!
Ces discours fesaient sourire l'Officier :
mais ni ma Mère, ni lui n'avaient-garde
de hasarder une confidence! ils le con-
naissaient trop! Leur extrême reserve,
quelques mots surpris, leurs sorties frequentes separement, mais pour se rejoin-
dre, donnèrent de la curiosité à M. De-
Hanchart: Il les suivit, ét decouvrit qu'ils
alaient voir une Enfant de douze ans. Il
eut alors des doutes. Un-jour qu'ils étaient
sortis, au lieu de les suivre, il resta, pour
tout visiter dans l'appartement de sa
Femme, ét dans la chambre de son Ami.
Ses recherches ne furent pas inutiles : M.
De-Hanchart trouva chés ce Dernier, plûs
qu'il ne cherchait : C'était mon Extrait-
de-bâtême, sous le nom de ma Mère, ét
sous celui de M. De-Flavien ; accompagné d'une disposition, en ma faveur,,

de la meilleure partie de fa fortune, par
le moyen d'un fideï-commis, dont M.
De-Hanchart lui-même devait être depo-
sitaire, s'il survivait. Quelques Lettres
de ma Mère achevèrent de le mettre parfaitement au-fait. Il devint furieux de
jalousie, ét resolut de se venger de la
manière la plûs desolante pour les deux
Amans. Ce que vous alez entendre, eft
une horreur sans exemple.

» Il se tut, à leur retour, ét leur fit
plûs de careffes qu'à l'ordinaire : Il attendait l'occasion. Elle arriva plutôt qu'
il ne s'y attendait. M. De-Flavien tomba malade d'une fluxion-de-poitrine, qui
l'emporta en huit jours. M. De-Hanchart
fuivait exactement le Medecin. Lorfqu'
il fut qu'il n'y avait plus d'efperance, il
fit éloigner ma Mère, ét dans un moment où M. De Flavien avait toute fa
raison, il lui demanda le fideïcommis ?
Le Mourant le lui fit remettre. M De-
Hanchart eft mechant ; il eft cruel!
le soir, il renvoya la Garde, ét refté
feul auprès d'un Homme, prêt à entrer
en agonie, il lui declara qu'il était inftruit,
ét qu'il était resolu de se venger, sûr lui,
sur ma Mère ét sur moi. Il mit un Moribond au-desefpoir. Il se retira,
ferma la porte de la chambre à la cléf, ét
ala se coucher, laiffant M. De-Flavien

fans fecours!... Le lendemain, l'Infortuné! il n'était plus! ét M. De-Hanchart
affura qu'il ne l'avait quitté qu'après fa
mort. Ce fut à ma Mère feule, qu'il osa
dire la verité, en l'enfermant dans une autre maison, que celle dont vous m'avez vu
fortir par la fenêtre, une de ces nuits.

» Il faut vous dire, qu'immediatement
après la mort de M. De- Flavien, M. De-
Hanchart était venu auprès de ma Mère,
avec fes Lettres: Il avait employé le de-
guisement le plùs atroce: —Je fais tout
(avait-il dit), en voici les preuves: les
reproches font inutiles: Je regarderai
votre Fille comme la mienne; elle eft
celle de mon Ami, ét de la Femme que
j'aime le plùs-. A ce difcours inattendu,
ma Mère f'était jetée aux genoux d'un
Mari, qu'elle croyait le plùs genereux des
Hommes. Il lui avait demandé un aveu
circonftancié. Elle l'avait fait, accompa-
pagné de tous les details qu'il exigeait.
Il f'était enfuite fait donner un Écrit,
qui l'autorisait à difposer de moi. Ma
Mère l'avait donné, en l'affurant, que jamais elle ne m'avait prononcé fon nom;
que lorfqu'elle alait avec mon Père, dans
la maison où j'étais, on l'appelait Mad.
De-Flavien. M. de-Hanchart avait paru très-avide de ces éclairciffemens: Il
avait diffimulé, jufqu'à ce qu'il les eût

tous obtenus. Lorfqu'il avait cru ne plus
rien avoir à decouvrir, il dit à ma Mère:
—Il convient que tout ceci demeure
enfeveli dans le plûs profond filence :
l'extrait-de-bateme, fous vos noms de
Fille, ét fous celui de Flavien, eft une
haute imprudence! Mais tout-cela peut
fe reparer. Abftenez-vous de voir votre Fille pendant un temps : Ecrivez-lui
là-deffus ce qui convient, ét me remettez la lettre-. Ma Mère écrivit. M.
De-Hanchart corrigea cette Lettre, que
ma Mère refit, ét il f'enchargea. N'ayant
plus affaire d'elle, il commit une barbarie,
dont vous avez vu qu'il était bien capable! Il fit difposer dans la maison voisine, une chambre, qui n'aurait qu'une
iffue dans la fienne ; il la fit doublement
boifer, pour la rendre fourde, fans aucun jour ; ét un foir, en causant avec
ma Mère, qui fe deshabillait, il l'y conduisit nue. Il y avait un lit, ét les autres
meubles neceffaies, du linge, ét quelques
couvertures pour f'enveloper, au lieu
d'habits. Dès qu'elle y fut, il en fortit.
Ma Mère crut qu'il alait revenir ; mais
il ne reparut pas. Surprise de fe voir
dans une autre chambre que la fienne,
fans qu'on l'en eût prevenue, elle regarda tout-autour d'elle, ét elle aper-
cut, dans un câdre noir, les mots fui-

vans , imprimés avec des caractères-de-cuivre à-jour : *C'eſt ici qu'il faut ex-pier votre crime : Vous n'y verrez que moi ; c'eſt-à-dire , un Juge ſevère , que rien ne pourra toucher : Obeïſſez à tout, ou tremblez ! J'ai puni De-Flavien ; je vous dirai comment : votre peine ſe-ra plûs grande encore ; à-moins d'une aveugle ſoumiſſion à toutes mes volontés.* » A cette lecture, ma Mère vit bien qu'elle était perdue : La Garde lui avait dit que M. De-Hanchart l'avait renvoyée, la dernière nuit de la vie de M. De-Fla-vien, ét elle entrevit toute l'atrocité de ſon Mari. Elle fut au-deseſpoir ! ét dans ce moment affreux, l'idée d'atten-ter à ſe jours ſe presenta. Elle paſſa une nuit cruelle ! Mais vers le matin, elle eut une conſolation inattendue. Une Fille jeune ét jolie, mais ſi parfaitement ignorante, qu'elle ne ſavait pas lire, la ſervait depuis quelque-temps : Cette Petite-fille lui était extrêmement atta-chée. Par-hasard, à-l'inſtant où M. De-Hanchart avait conduit ſa Femme dans la chambre ſecrette, elle venait apporter quelque-chose. Heureusement elle s'ar-réta. Ne voyant pas revenir ſa Maîtreſſe dans ſon apartement, elle fut très-ſur-priſe ! ét d'après les bruits fâcheux que

la Garde de M. De-Flavien avait occa-
sionnés, elle trembla pour sa Maîtresse.
Le matin, M. De-Hanchart sortit. La
petite Terèse l'observait à-l'écart : Elle
lui vit mettre dans un tiroir la cléf de la
chambre fatale. Dès qu'il fut dehors,
elle courut ouvrir. Sa Maîtresse, dabord
effrayée, la vit entrer avec transport !
—Hé ! vîte, Madame ! ne differez pas
un moment ! Il est sorti ! Sauvez-vous !
Un bruit de voiture fit taire la petite
Femmedechambre : elle a la voir. C'était
son Maître qui rentrait. Elle n'eut que
le temps de remettre la cléf, ét de
s'échappér. M. De-Hanchart était revenu exprès pour la prendre: Il la prit
en-effet, ét s'en-ala. Mais Terèse sa-
chant où était sa Maîtresse, elles se parlèrent à-travers la porte. Il fut convenu, que si M. De -Hanchart voulait at-
tenter à la vie de sa Femme, ou qu'il lui
refusât de la nourriture, Terèse le de-
noncerait: Mais que si la captivité était
supportable, il falait attendre ; à-cause
de l'éclat deshonorant qu'aurait cette affaire. Une heure après, M. De-Hanchart revint. Il fit servir à dejeûner à sa
Femme. —Monsieur (lui dit-elle),
vous en goûterez le premier-? Il fut
surpris ; mais il en goûta. —Sachez (a-
jouta-

jouta-t-elle), que je quitterai cette prison,
quand je le voudrai : Pendant votre ab-
fence , une Perfonne eft venue ici, dans
cette chambre , ét m'a parlé : Il a été
convenu , que fi vous n'attentiez pas à
mes jours, je fouffrirais la peine que
vous m'impofiez ; non par refpect pour
vous , mais pour fatiffaire à l'honneur
outragé , à la divine Juftice offenfée , ét
ne pas donner de fcandale à nos Concitoyens. Une preuve de ce que je vous
dis, c'eft que voila un couteau neuf,
que vous ne m'avez pas laiffé, puifque je
fuis entrée nue dans cette chambre-. M.
De-Hanchart voulut ôter le couteau à
ma Mère : mais elle le tourna contre
lui , ét l'obligea de fe tenir éloigné, même de fortir. Il lui fervit à dîner. Elle
voulut qu'il goûtât de tout. Enfuite elle
lui dit: —Ce n'eft pas que je craigne une
mort, qui vous conduirait au bûcher ;
mais c'eft à-caufe de mes Filles , qui me
font également chères-. Ma Mère demeura dixhuit mois dans cette position.
Revenons à moi.

» J'avais treize ans, ét j'étais formée.
J'étais la troifième Victime de M. De-
Hanchart. Il était venu me voir, dès le
premier jour de la captivité de ma Mère. Il me dit qu'il était fon ami, ét

celui de mon Père ; que tous-deux é-
taient morts, mais qu'il me tiendrait lieu
de l'un et de l'autre. Il me fit des caresses,
qui de jour-en-jour devinrent plus libres.
Enfin, il abusa de mon innocence, de
ma jeunesse, de ma candeur, et de ma
reconnaissance : A quatorze ans, je me
trouvai grosse...

»M. De-Hanchart attendit que mon état
fût bien marqué, pour porter à ma Mère
le coup le plus sensible. Il lui annonça
qu'elle me verrait. Il me conduisit chés
lui : Deux Inconnus, qui lui étaient de-
voués, me presentèrent à ma Mère, qui
frissonna en me voyant. Ils lui parlèrent
à-l'oreille ; et elle fondit en larmes. J'ai
sû depuis, qu'ils m'accusaient de liberti-
nage. Je fus remmenée ; et depuis ce
moment, je ne vis plus M. De-Hanchart ;
ma pension cessa d'être payée, et Persone ne s'interessa plus à moi.

»Cependant ma Mère était au-desespoir ! Elle me croyait perdue ; mais elle
desirait de voler à mon secours. Elle dit
à Terèse, qu'il falait enfin qu'elle sortît
de sa prison. La petite Femmedechambre guetta si-bien son Maître, pendant
8 jours, qu'elle profita de la seule-fois
qu'il laissa la clef, pour faire échapper
sa Maîtresse. Ma Mère se sauva dans la

maison d'où vous m'avez vue fortir, chés une Parente de M. De-Flavien, ét dès le même jour, elle me fit chercher.

» On ne pouvait arriver plus à-propos à mon fecours. J'étais dans les douleurs de l'enfantement : On me gardait par humanité ; M. De-Hanchart avait découvert la honte de ma naiffance, ét j'étais traitée avec beaucoup de familiarité. Ma Mère changea mon fort. M. De-Hanchart fut menacé ; ma penfion ne dependit plus de lui ; on lui ôta la geftion de ma fortune, ét il s'en depouilla, par les ordres d'un Officier-general, auquel, par précaution, M. De-Flavien avait autrefois confié fon avanture avec ma Mère.

» J'ai une Fille qui a quatre ans. Ma Mère refte renfermée chés fon Amie. Je ne vais jamais la voir que la nuit. J' entre ét je fors par cette fenêtre baffe, afin de n'etre vue de Perfonne dans la maifon. Mais quand il en fera temps, publiez cette avanture, pour detruire les bruits que M. De-Hanchart a répandu contre ma Mère ét contre moi. Voila ce que vous defiriez fans-doute. Adieu ».

Je racontai à la Marquife ce que je venais d'entendre : ét ces récits nous tinrent lieu de lecture. —Je m'informerai (me dit-elle) : Je crois votre Jeune

z ij

homme qui fe dit fille, un véritable ga-
lant: J'ai des raifons pour cela; mais le
detour, pour écarter les foupçons ferait
bien adroit! Cependant il ne vous aurait
pas fait cette hiftoire, fi elle n'avait
quelque fondement. Je m'informerai-,

☞On m'a depuis raconté bien-différemment le
fond de cette Avanture. On prétend que le Mari,
étant arrivé à-l'improvifte, trouva fa Femme en-
ceinte : Que furpris de cette fituation, il ne lui
dit que ces mots : —Quoi! madame! Qu'elle
lui repondit : —Monfieur, j'ai merité le Couvent, et je m'y foumets, après mes coûches:
Que le Mari lui repartit : —Non, madame,
mon honneur f'y oppose-! Que dans la fuite, il
adopta la Fille de fon Ami, et que c'eft la Mère
qui la detefte... Où eft la verité?... Je le dirai
à la fin de ces NUITS.

CLXXVI NUIT.

LA RESSEMBLANCE.

Au-coin de la rue Beauregard, j'aperçus dans un Café, une Jolieperfon-
ne, aux vives couleurs, à la bouche
riante ét mignone, qui tenait le comptoir. Je m'informai. On me dit, que
c'était la Maîtreffe de la maifon. —Elle
a du bonheur! (penfai-je; car je me
gardai bien de le dire) ! Elle était fer-
vante d'une Femme dure ét fote, qui l'a-
viliffait de toutes manières, fans-doute
parcequ'elle était plus jolie qu'elle: En-

suite, elle en est sortie sans ressource. Elle
a essuyé les attaques du plûs vil des
Hommes : Il me paraît qu'elle a tout
surmonté : J'en suis ravi-! Et je marchais. Arrivé dans la rue de-la-Lune, je
vis une Jeunefille bienfaite, qui alait
devant moi. Elle prit la rue Poissonniè-
re, ét entra dans celle des-Jeûneurs.
Je la suivis alors, mais avec la seule
intention de la preserver d'insulte, dans
une rue solitaire ; car elle me paraiffait jolie, quoique je ne la visse pas
au visage : c'est qu'une Jolie-femme a
quelque chose dans son tour, sa marche, sa-draperie, sa coïfure, sa chauffure, qui designe la beauté : Je ne m'y
trompe jamais : Au pied difforme d'une
Femme, je devine sa figure insignifian-
te, séche, repoussante : Un je-ne-sais-
quoi distingue encor une Jolie-laideron :
C'est un certain charme ; un certain goût,
qui se reflechit sur l'étofe, sur la façon,
ét donne à tout ce qui la touche quelque-
chose de feïque ; étlereste. La Jeune-
persone ala jusqu'à la rue Montmartre :
—Mondieu! (me dit-elle enfin) je crois
que je m'égare-! Elle me reconnut ; ét
moi, je retrouvai en elle, la Jeunefille
que j'avais crue limonadière. Je la sa-
luai ; elle me donna le bras ; je m'infor-

mai de sa situation? Elle n'était pas heureuse! mais l'honneur & la vertu étaient
conservés. —Mademoiselle (lui dis-je),
vous serez placée. Mais faites-moi un
plaisir: Retournons dans la rue Beauregard; je vous y montrerai quelque-chose.
Nous revinmes sur nos pas, et j'entrai chés
la Jolie-Caferière. Je demandai deux bavaroises. Pendant qu'on nous servait, j'e-
xaminais la Limonadière: la reffemblance
était parfaite. Je la fis remarquer à la
jeune Laure. Comme nous nous parlions
bas, et que nous confiderions beaucoup la
Marchande, elle fit attention à nous, et la
reffemblance la frappa également. Elle
nous fourit, et nous nous approchames
du comptoir. —Madame (lui dis-je) avez-
vous eu autrefois une Sœur, qu'on ait
volée, en nourrice? —En vérité, je le
croirais, tant Madame me reffemble!
(On nomme Madame à Paris toute Femme inconnue, furtout quand elle est avec
un Homme). Elle sonna son Mari, que
la reffemblance furprit encore davantage! Je lui dis ce que j'avais moi-
même penfé. Le Mari me demanda, tout-
bas, Ce qu'était la Jeuneperfone. Je
le lui avouai, avec des adouciffemens.
Le Mari fut tranfporté de joie! —Si
Mademoiselle veut refter ici, je l'habil-

lerai comme ma Femme; elle sera au
comptoir avec elle, ou sans elle, & j'es-
pére que cette ressemblance pourra faire
assés de bruit, pour achalander mon Café?
La Femme pensa de-même. Je n'y vis
pas d'inconvénient, & je laissai Laurette
dans cette maison. Elle alait parler à
Quelqu'un, lorsque je l'avais rencontrée:
cela n'était plus nécessaire.

J'alai chés la Marquise, à laquelle je racontai ce trait. Mad. De-M**** ne trouva pas non-plus qu'il y eût d'inconvénient
à ce que proposait le Limonadier, avec lequel on ferait, pour Laurette, des arrangemens proportionnés à son gain. On sait
qu'à Paris, souvent beaucoup-moins a
suffi pour achalander, & produire une
fortune. Mais il faut la favorabilité du
local, & des circonstances, qui n'existaient
pas. Aujourdhui, le Limonadier au-
rait-eu le nouveau Palais-royal, & l'an-
nonce du Journal-de-Paris. Son projet
ne réussit pas dans un quartier désert.
Nous reprîmes Laurette au bout de quinze jours, & la Marquise l'en chargea:
Elle répandit également ses bienfaits sur
la Limonadière, qui depuis peu a l'un
des beaux Cafés de Paris, où elle a parfaitement élevé deux grandes Filles. Qu-
ant-à Laurette, la Marquise l'a établie.

LES BALAYEURS.

Il était cinq-heures, lorfque je m'en-revins. Je trouvai plusieurs Hommes, qui avaient entrepris le balayage des Particuliers. Ils f'entendaient entr'eux, ét commençaient au-haut d'une rue baffe, étroite ét fale; ils n'incommodaient Per-fonne, ét pouffaient la balayûre jufqu'à la grand'rue. J'obfervai feulement, que l'entêtement d'un feul Particulier du mi-lieu de la petite rue, qui ne voulait pas fe fervir d'eux, les gênait beaucoup! Ils étaient obligés de faire paffer fur fon ter-rein les boues liquides, ét ne pouvant les y laiffer, de balayer fa place gratis. Je vis, qu'ils alaient enfuite proche de la rivière, à une autre rue, dont ils pre-cipitèrent la boue dans la Seine. Ce que je blâmai. L'Habitant de Paris, qui ne fait pas combien les engrais font precieux, ne cherche qu'à f'en debarraffer. L'Ad-miniftration pourrait y remedier, en ob-ligeant les Propriétaires, à prendre aux voieries, tant de voitures d'engrais, à un écu la voiture, à proportion de leurs terres, ét le produit ferait employé, tant à payer le balayage public, qu'à l'augmen-tation des Boueurs. Il faudrait encore empêcher que la Ville ne f'étende im-menfement, en posant des limites, ét en

taxant toute maison isolée. On devrait
furtout avoir la politique de ne point bâ-
tir dans d'excellens potagers, fertilisés
depuis longtemps, ét de ne pas trop reculer les cultures approvisionnantes : On
devrait foigner plûs efficacement la propreté des rues ; on devrait les tenir fé-
ches, aulieu de les mouiller ; on devrait
ne pas tant multiplier les canaux-fou-
terreins, nuisibles aux voitures, & à
la falubrité : on devrait mille choses
qu'on ne fait pas. Les Hommes ont une
idée fauffe, une idée deftructive ; c'eft
que la vie eft trop-courte, pour f'occuper d'y être bien. Cette idée n'inflüe pas
fur toutes les actions des Hommes ; mais
elle eft très-prejudiciable aux Établiffe-
mens publics ! Il faut la detruire, aulieu de la laiffer fe propager par les Livres afcetiques.

CLXXVII NUIT.
LES INCONGRUITÉS NOCTURNES.

Il devrait y avoir une Ordonnance de
Police très-fevere, qui defendît les in-
congruités qui bordent certains quais, ét
infectent les petites rues. Loin de fouffrir une feule maison fans aisances, comme il en exifte tant aux environs des
Boulevards ét des quais, dans les quartiers deserts des fauxbourgs Saintmar-

cel, Saintantoine, dans l'Ile Saintlouis, devant et derrière Saintpaul, on devrait aucontraire, ordonner dans certaines maisons, par-bas, un cabinet public, de la propreté duquel serait chargé le Principal-Locataire; avec permission à lui de faire condamner à l'amende tout Homme ou Femme surpris à saloper. Ce cabinet serait fermé; la clef en serait au comptoir, et l'on serait obligé de la remettre. Par-exemple toutes les maisons en-face du reverbere, auraient des cabinets pareils, et quand une place serait prise, on serait assuré d'en trouver une autre. La peine contre le Principal-locataire de mauvaise-volonté, serait une amende de 24 liv. dont un tiers au Dénonciateur, l'autre à l'Hôtel de-Ville, et le dernier pour les boues et lanternes.

Je parvins, occupé de ces réflexions, utiles pour la propreté, autant que pour la salubrité, à la rue Baillaif, au coin de laquelle je fus presque renversé, par un Homme demi-vêtu, qui fuyait effrayé. Un Monsieur (car on apelle Monsieur tout ce qui a du galon, et porte une Epée), le poursuivait flamberge au vent. Je pris la liberté d'observer au Monsieur, que le crime ne méritait pas un coup d'épée. Il en convint; mais il ajouta,

en me conduisant à sa porte-cochère, qu'
il était fort desagreable, pour sa Femme
et ses Filles, qui rentraient, de... —Je
l'aurais frappé (ajouta-t-il), tant je suis
impatiente du peu de propreté de nos
sales Concitoyens : chés la plupart, c'est
paresse; chés d'Autres, mauvaise-volonté:
s'il n'y avait que les Gens vraiment pressés,
l'on s'en apercevrait à-peine! —Mais
Ceux-ci (lui repondis-je), peuvent-être
confondus avec les Autres. —Il est vrai;
mais il devrait y avoir un ordre établi,
qui obligeât à laisser des endroits libres
dans certaines maisons, par-exemple, à
toutes celles qui sont commodement dis-
posées pour cela, en y mettant pour
marque un L.-P. en rouge, dans un rond
noir— Je trouvai cette idée excellente!
Je le quittai. Après un circuit par les
rues Sainthonoré, Place-Vendôme, rue
Neuve-des-Petits-champs, Place-des-
Victoires, rue du-Petit-reposoir, je me
trouvai dans le cas des Excusables. J'a-
vais devant moi la petite rue Verdelet:
mais fidèle à mes principes, j'entrai dans
une maison, et je trouvai, au quatrième,
le seul endroit qui fut accessible. Au
moment où je descendais, une Vieille ouvrait sa porte, et me voyant avec mon
manteau, mon feûtre, elle cria, —Au

z vj

Voleur-! Surlechamp, tout le monde
parut, une lumière à la main, ét je fus faisi
au colet. —Alons chés le Commiſſaire !
(demandai-je). —Oui, oui, tu iras !
(car c'eſt encore un defaut du Peuple-
parisien, d'être exceſſivement groſſier
avec les Inconnus). On me donna quelques coups, furtout un Garſon-cordonier, qui me parut un mauvais-garne-
ment. Je fus traîné devant le Commiſ-
faire, quoique j'y alaſſe à ma propre re-
quisition. Dès que j'y fus entré, me
voyant en aſſurance, je demandai, avant
de m'expliquer, que la Garde fût appelée. Le Clerc envoya la chercher. Lorfqu'elle fut arrivée, je priai le Commiſ-
faire, de ne pas permettre qu'Un-feul
de mes Accusateurs fortît. Ce qui me
fut octroyé. Je plaidai enfuite ma cause,
avec une grande vehemence : Je decla-
rai au Commiſſaire, que j'étais monté
dans la maison, parceque j'en avais le droit
comme citoyen, au lieu d'infecter les rues.
J'expliquai mes motifs ; je me nommai ;
je me reclamai de la Marquise de-M****,
mon palladion : Enfuite je portai plainte
contre mes Accusateurs, qui m'avaient
frappé : je montrai les marques des coups.
Mes Aggreſſeurs étaient tous fi tranqui-
les, fur leur bon droit, qu'ils en convin-

rent. Je requis enfuite, que le Garſon-cordonier, comme étant ſans domicile fixe, ét comme m'ayant voulu frapper de ſon tranchet, fut arrêté, ganté ſurlechamp, ét conduit en priſon. Ce qui me fut accordé. Je rendis plainte contre les Autres, prenant acte de leurs aveux, afin de les faire aſſigner le lendemain. Ils ſ'en retournèrent chés eux très-étonnés de ce denoûment, ét de la manière dont je les traitais devant le Commiſſaire! ét ſurtout, rien n'égalait la confuſion de la Vieille-mechante qui avait mis l'alarme!... Mais je ne devais cet acte-de-juſtice exemplaire, qu'à mad. De-M****, proche parente d'un Preſident-à-mortier, ét non à mon bon-droit.

J'alai chés la Marquiſe à minuit. Je racontai ce qui venait de m'arriver: —Vous perirez quelque-jour! (me dit-elle). —Je fais ce que je dois (repondis-je): Puiſque je ne laboure pas la terre, comme mon Père, il faut que je ſois utile d'une autre façon: Ce n'eſt pas de vivre que je dois m'embarraſſer, mais de remplir mes jours, tant que j'en diſpoſerai.

J'eus, en revenant, une ſingulière rencontre! mais quoique je l'aye écrite, ét qu'elle ait été racontée à la Marquiſe, on ne la trouvera pas ici *. Peutêtre quel-

* Un emprisonnement nocturne.

que-nuit donnerai-je, à entendre ce que c'était : c'est la seconde de ce genre ; ét il y en aura une troisième.

CLXXVIII NUIT.

L'Os, l'Eau, les Cendres.

Il est des soirées où tous les inconveniens d'une grande population se trouvent reünis. En sortant de la rue-du-Fouarre, un gros os-à-moëlle tombe à mes piéds! sa pointe aigüe, ét la force avec laquelle il était lancé, en eussent fait un instrument de mort, s'il m'eût atteint. Je remarquai la fenêtre ; je montai : Je trouvai un Ouvrier père de famille tranquilement assis à table, mangeant son pot-au-feu, avec sa Femme ét ses Enfans. Je leur representai les suites de leur imprudence. La Femme gronda son Mari : — Je t'ai deja dit qu' il ne falait rien jeter par la fenêtre, dans ce pays-ci ; il y a toujours du monde dans les rues : Je t'ai dit, que ces gros os-là pouvaient être très-utiles ; ils ont encore du suc, ét demain, je l'aurais fait bouillir avec des choux : enfin je les conserve pour en faire du feu ; un de ces os là vaut une demi-buche. Je fus content de cette Femme ; ét je demandai au Mari, S'il serait bien-aise de recevoir un os pareil sur la tête, quand il passait tranquilement dans la rue ? L'Homme était fort-borné; mais cette

idée le frappa. Il promit bien qu'il ne
commettrait plus la même imprudence.

J'avais affaire du-côté de la rue Saintvictor: tout à-l'entrée, je fus aveuglé par
une nape d'eau-de-savon, lancée d'une fenêtre, percée dans le toit. Les par-
ticules qui voltigeaient, m'entrèrent
dans les ieux, ét me causèrent un picote-
ment fort douloureux: Je ne savais où
j'en étais. J'appris du Voisinage, que
tous les jours on jetait quelque-chose par
cette fenêtre, tantôt plus, tantôt moins;
souvent de gros os de basse-boucherie,
qui avaient blessé tantôt une Femme,
tantôt un Enfant. Je montai. Je trouvai cinq à six Enfans, ét un Scieur-de-
bois-à-brûler leur père: Il était veuf,
ét ces Enfans restaient seuls, tandis qu'il
était au travail. Je fus effrayé, pour le
Voisinage, de pareils Enfans, aussi mal-
ielevés (car les Filles, dont Une avait 14
ans, me parurent des poliçonnes), pouvaient mettre le feu! Je fis quelques re-
présentations, ausquelles on repondit par
des injures; je descendis, ét je parlai au
Principal-locataire. Il dit qu'il donnerait congé. Ce n'était pas ce que je de-
mandais. Il falait que ces Pauvres-gens
fussent logés quelque-part. On fit descendre le Père ét les grands Enfans; on
les conduisit chés la Commissaire, que

J'alai prevenir: Cet Officier fit les menaces convenables: Il dit qu'il chargerait
Quelqu'un de les surveiller, et qu'à la
première faute, il ferait mettre la Fille
coupable à l'hôpital, où elle serait fus-
tigée; ou si c'était un Garson, à la corre-
ction de Bicêtre, où il serait attaché par
les pieds et les mains à des crampons, pour
y recevoir des coups-de-nerf-de-bœuf.
Cette menace, faite devant une partie du
Voisinage, eut son effet, et l'on n'a plus
à se plaindre. Quand l'éducation particulière manque, il faut que le Pouvoir-
public y supplée.

Je montai ensuite la rue-de-la-Monta-
gne, et j'alai chés des Relieurs: En passant
dans la rue des-Amandiers, je me trouvai
tout-à-coup aveuglé, suffoqué par une
poussière très-fine. L'odeur m'apprit que
c'étaient des cendres. Je pris le dessus du
vent; je secouai mon chapeau, mon
manteau; je me frotai les ieux, et j'attendis. On jeta une nouvelle poêlée de
cendres, et je vis la fenêtre. Plusieurs
Personnes s'écrièrent, mais surtout un
pauvre Garson-pâtissier, qui portait un
souper dans une maison voisine; il avait
reçu la grosse pelote de cendres sur
son rôti decouvert, et il se desolait.
Je montai dans la maison. Je trouvai
que c'étaient quatre Garsons-tailleurs,

qui nettoyaient leur cheminée. Je leur fis
mes representations. L'Un deux, qui
me parut gafcon, y repondit par une
poignée-de-cendres , qu'il mé jeta au
visage. Je me retirais : mais quelques
Relieurs, qui m'avaient fuivis, indignés
de cette infulte, fe precipitèrent dans la
chambre, faisirent les quatre Garfons,
ét les alaient roffer. Je m'y opposai de
tout mon pouvoir : mais je ne calmai
les Affaillans, qu'en parlant du Commiffaire. On conduisit les Tailleurs devant
cet Officier ; trente Perfones incommo-
dées par les cendres, les fuivirent, ainfi
que le Patronet, ét les Gens dont le fouper avait été faupoudré. Le Commiffaire nous écouta. Il envoya chercher
le Maître-Tâilleur des Garfons, ét lui demanda, S'il repondait du dommage ét de
l'amende ? Il en repondit, ét les Garfons furent renvoyés, avec une forte re !
montrance, ét la menace de la prison, en
cas de recidive. Mais les Relieurs ne
furent pas contens ; ils diffimulèrent, fuivirent les Tâilleurs, ét les corrigèrent ,
fans que je puffe les en empêcher.

J'alai chés la Marquise, ét j'obfervai,
dans ma route, que le foir, il faut éviter
les petites rues : Plûs elles devraient ê-
tre propres, à-cause du defaut de circu-
lation de l'air, plûs leurs Habitans fem-

blent prendre-à-tâche de les rendre mal-
saines, ét de s'empester eux-mêmes, en
y jetant toutes leurs immondices. C'est
une deraison, dont les Animaux font
incapables ; ils n'infectent pas leur re-
paire. Et cependant ils n'ont pas autant de
besoin que nous de cette attention naturelle ; leur fiente n'a pas les sels âcres &
penetrans de la constitution humaine : car
cette âcreté semble proportionée au degré d'intelligence, dans toutes les Espèces.

A cette occasion, je me rappelle,
qu'ayant un soir rencontré un Homme
d'un état fort-grave, dans la petite rue
Poupée, je fus surpris de l'entendre chanter à-tue-tête. De son côté, il fut un
peu honteux. — Vous alez avoir une singulière opinion de moi ! (me dit il) :
mais il faut vous decouvrir mon motif :
J'ai souvent été attrappé, en passant dans
ces petites rues : J'ai remarqué qu'un
moyen d'éviter les jetées, c'était de se
faire entendre bruyamment. Un jeune
Libraire emploie celui de chanter à plei-
ne-gorge, et s'en trouve bien. — J'use-
serai de cette recette ! (repondis je en
souriant). Et je me mis à chanter, dans
la vue de diminuer la peine que je lui a-
vais involontairement causée.

Je ne me voyais pas un récit fort-a-
gréable à faire à la Marquise, et je l'en

previns : Mais elle voulut tout entendre.

A mon retour, je rencontrai le Lapi-niste; puis le Trouveur: Je leur deman-dai des nouvelles? Le Premier ne savait rien ; le Second me dit, qu'il n'avait pas le temps à pareille heure ; mais qu'il m'ac-compagnerait quelque soirée.

CLXXIX NUIT.
LES COUCHES DE L'HÔTELDIEU.

Avant d'en venir aux Objets, que je nomme publics par excellence, com-me les Billards, les Academies, les Ca-fés, les Spectacles actuels, il faut expo-ser tous les autres. Dailleurs c'est lorf-que je demeurais dans la rue du-Fouarre, qu'est arrivé ce que je raconte ici.

Une Jeuneperfone, ma bellefœur, était venue nous voir, ou plutôt pour voir Paris: Elle occupait un cabinet éloi-gné de ma chambre. La première nuit, après trois paffées dans le coche d'Au-cerre, elle dormit d'un fommeil profond. Le fecond jour, on vint la prendre pour lui faire voir des Connaiffances, et les curiosités On me la ramena le foir, comme je fortais. Elle était fatiguée ; elle fe mit au lit :

Je paffai par la rue de-la-Bucherie : des cris horribles frappent mon oreille. Ils partaient de l'Hôteldieu. Je m'informai. Une Marchande de vieilles chemises ét de cliffons, qui avait là fa boutique, m'apprit, que la falle des Femmes-en-couches était devant nous. —Voilà des cris bien terribles! —C'eft quelque jeune Malheureuse, que tourmentent les Elèves-accoucheurs ét accoucheuses. Car ils les font fouffrir, ces pauvres Filles ou Fammes!... —Eft-ce qu'il n'y a Perfonne pour les prefider? —Pardonnez; mais que voulez-vous? ils ne favent pas; tous veulent f'inftruire, & la pauvre Victime fouffre de leur inexperience ét de leur curiosité-. Je favais deja tout-cela. J'aurais bien desiré d'entrer dans l'Hôteldieu, ét de voir ce qui f'y paffait en ce moment. Mais j'en desefperais. J'alai cependant à la porte. Je m'arrêtai un inftant à confiderer. Dans ce moment, arriva une Joliefemme de la rue Saintdenis (Mad. L-que), parente du Chirurgien-en-chef: Je la reconnus, ét je courus à elle, quoique je ne lui euffe parlé qu'une feule-fois. Je lui temoignai le desir que j'avais d'entrer, ét par quel motif. Elle me mit de fa compagnie. Elle eut même la complaisance de me conduire jufqu'à la falle que je desirais de voir. La Malheureuse n'était pas encore delivrée. C'était

une Jeuneperſonne d'environ 14 ans,
Sans que je diſſe un mot, Mad. L-que,
effrayée de ce qu'elle voyait, en fit des
reproches à l'Accoucheur-en-chef, ét
tous les Bourreaux, qui ne feſaient que
tenter, ſans l'aider, parceque chacun
voulait laiſſer aux Autres un moyen
d'inſtruction, tous les Bourreaux furent élpignés, ét la Jeune-infortunée accoucha... Les Malheureux! ils l'en em-
pêchaient!... Je fremis d'horreur!

Que les Sots, les bas Adulateurs
louent tant qu'ils voudront les établiſ-
femens publics; moi, je ſouhaite que le
Peuple liſe ce que j'écris, pour devenir
économe, laborieux, & n'y pas avoir
confiance.

J'alai chés la Marquiſe: mais je n'y
reſtai qu'un inſtant, à-cauſe de ma Belle-
ſœur; je redoutais quelque-choſe de
vague, ſans ſavoir quoi.

J'arrivai chés moi à une heure. Je
trouvai Suſette hors du lit, à genoux,
effrayée. Je lui demandai ce qu'elle
avait? —J'ai été éveillée, il y a plus d'u-
ne heure, par des cris épouvantables, ét
comme vous ne me repondiez-pas, j'ai
cru que les Voleurs vous tuaient. J'ai
voulu ſortir, pour appeler les Voiſins;
mais vous m'aviez-enfermée-. Je la

raſſurai, en lui expliquant en-deux-mots
la cause des cris qu'elle avait entendus :
Je la tranquilisai ſur mon compte, en lui
proteſtant, que je n'avais rien à craindre
dans les rues de Paris. Je la calmai de
mon mieux, je l'exhortai à dormir, ét
pour moi, j'alai dans ma chambre rediger ce que je venais de voir ; car je
n'avais pas pris le temps de l'écrire chés
la Marquise.

CLXXX NUIT.

LE PETITMAÎTRE à bonne-fortune.

J'alai, ſans avanture, juſqu'à la rue
Montorgueil. Là je rencontrai un Bel-
homme de ma connaiſſance, retenu par
un embarras, à l'entrée de la rue Tiquetone : C'était l'heure où l'on ſortait des
ITALIENS. Il paraiſſait fort-preſſé
d'avancer, ét il jurait contre ſon Cocher, qui n'avait pas marché ſur le ven-
tre aux Piétons. Il m'aperçut, ét m'ap-
pela. Je ne ſavais trop, ſi je devais aler à
lui : Mais retenu moi-même par l'embarras, malgré ma dextérité, temps-perdu
pour temps-perdu, j'aimai autant le lui-
donner, que de m'occuper des cris ét
des juremens des Cochers. Je l'abordai
donc, en lui diſant : —Monſieur, ſi
j'avais la moindre autorité, j'introdui-

rais, dans les rues, entre ces Hommes
grossiers, la politesse chinoise, sous
peine du hart-. Il sourit fadement :
—Et les Maîtres, que leur feriez-vous ?
—Ils iraient à pied ; car je ferais mettre
par-jour cent Cochers en-prison : Et
comme ce moyen ne suffirait peutêtre
pas, j'établirais une loi, par laquelle,
tout Homme non-infirme, qui serait
surpris en carrosse, dans la Ville, paie-
rait un louis d'amende pour la première-
fois, deux la seconde, et ainsi de-suite,
sans jamais arrêter la progression. —Il
ne s'agit pas de cela : j'ai une histoire
charmante à vous raconter : mais il faut
monter dans ma voiture. Attendez !
non ; vous êtes fort-crotté ; ma voiture
est neuve, & vous la gâteriez. Je-vous
enverrai demain ce récit, écrit de la
main de mon Valetdechambre-. L'embarras était dissipé ; il partit comme
l'éclair.

Je continuai mon chemin par la rue
Mauconseil. Une Bellefamme sortait
du Spectacle. Je l'admirais ; Elle monta
en voiture : Un papier tomba de sa poche, comme elle tirait son mouchoir :
Je me baissai pour le ramasser, et en
me relevant je vis le carrosse partir.
Je gardai le papier. C'était une lettre.

Mon adorable C***. Je vous aime,
vous adore ; je n'aime et je n'adore que
vous, d'honneur !... Mais... vous m'a-
vez demandé pourquoi, depuis quelques
jours, je paraissais triste : vous me l'a-
vez demandé avec des instances si pres-
santes, d'un ton si touchant, que j'ai
promis de vous l'écrire.... Je suis le plus
malheureux des Hommes, et surtout le
plus coupable. Je vous adore, je n'a-
dore que vous... hâ ! soyez-en bien con-
vaincue ! et .... j'ai un goût passager,
pour une autre Belle (moins belle que
vous), la majestueuse D**. Je meurs !
je ne puis tenir contre ce goût éfemère !
Il serait deja satisfait, et je serais
deja revenu tout-entier à vous, si la
fortune cruelle m'avait secondé : mais
elle m'a trahi au jeu, et me voila dans
une impuissance absolue. Plaignez-moi
doublement, ma belle C*** ! Je suis cou-
pable et malheureux ; on ne saurait être
plus à plaindre, que Le Comte de S***.

La fin de cette lettre m'apprit qu'elle
était du Petitmaître que je venais de
rencontrer, et qu'elle était adressée à
Madem. C*** des ITALIENS. Je la ser-
rai, & je crus pouvoir la montrer à la
Marquise.

—J'ai entendu parler de cet Homme,
(me

(me dit-elle) ; c'eſt un de ces Petitsmaîtres meprisables, qui ſe mettent au-
deſſous de l'eſpèce de Femmes qu'ils
voient ét qu'ils eſcroquent, après avoir
fait de folles depenſes pour elles. Sachez la ſuite de cette avanture ; je ſuis
perſuadée qu'elle ſe terminera mal-.

LE DEMENAGEMENT NOCTURNE.

J'alai gagner la rue Saintmartin, ét
je me trouvai dans celle du-Petit-hur-
leur. Au-milieu du ſilence de la nuit,
à l'heure où les reverbères ſ'éteignent,
ét ne donnent plus qu'une faible-lumiè-
re, entre trois & quatre heures, j'entrevis une charrette-à-bras, & des Hommes pauvres, qui demenageaient avec
le moins de bruit poſſible. —Bonnes-
gens l (leur dis-je), vous demenagez
ſans payer ; cela n'eſt pas bién- l Ils
furent effrayés de me voir. —Ne me
redoutez-pas! (repris-je) : ſi reellement vous êtes pauvres, ét bons, quoiqu'injuſtes, je vous ſauverai le desagre-
ment d'une mauvaise-action : non par
moi-même ; je ſuis pauvre comme vous-.
Ils m'écoutèrent, ét m'exposèrent leur
misère profonde, avec ſes causes : Le
Mari était reſté ſans ouvrage ; il était
Compagnon-fourbiſſeur, ét l'état n'alait
plus. —Il faut le quitter (lui dis-je) ; ét

je vous y aiderai-. Je demandai combién
ils devaient, ét me trouvant la fomme,
j'éveillai une pauvre Fruitière, de chés
laquelle ils delogeaient, pour lui remettre,
en leur presence, le montant du loyer.
Je leur fis donner quittance, ét je leur
avançai quelqu'argent pour leurs besoins.
Ils étaient bons, malgré leur improbité.
Jamais je ne vis de reconnaiffance aufsi
vivement exprimée ! Dans le jour même,
je mis l'Homme à la preffe, dans une
imprimerie, ét comme il étoit fort,
qu'il demeura très-rangé, en trois mois
il fut en état de nourrir fa Famme ét
fes Enfans, par fon nouveau travail. Mais,
ô Ames fenfibles ! rendez-en-grâce à la
Marquife de-M****: Sans elle, je ne
fuis qu'*un airain fonnant*, *& une cim-
bale retentiffante*.

ÇLXXXI NUIT.

SUITE: LA BASSESSE.

Je ne manquai pas d'aler chés le Petitmaître: Je lui reportai fa lettre, tom-
bée de la poche de la belle C***. —Je
fuis charmé que vous ayiez-trouvé cette
lettre ! (me dit-il); vous favez la moitié de l'hiftoire: Voici le refte. C***,
aufsi genereuse, aufsi tendre, qu'elle eft
belle, fut fi touchée de ma lettre, qu'elle

me fit dire de paffer chés elle fur-le-
champ. J'y alai un-peu-embarraffé,
moi qui ne le fuis guère. Lorfque je
fus auprès d'elle, fans me faire repeter
ce que je lui avais écrit, elle me prefenta fon écrin, en-me difant : —Je rens juftice au merite de Celle pour qui vous m'ê-
tes infidèle en ce moment, ét je fens que
fi vous l'aimez fans efperance, vous êtes
fouverainement malheureux. Choififfez
dans mes diamans ce qui fera le moins
indigne d'elle, ét portez-lui votre hommage : heureufe, fi je regâgne un cœur,
que je prefère à tout-!... J'ai été furpris...
—Quoi ! vous n'avez pas été touché !
—C'eft bon pour vous-autres... Mais
nous, nous, gens-du-monde ét du vrai
bon-ton, fachez, mon Chèr, que nous
ne le fommes jamais... J'ai donc été furpris ; mais j'ai faifi l'occafion aux che-
veux. J'ai choifi une plume-de-heron
fuperbe, & qui devait aler admirablement à Madem. D**. Je fuis parti fur-
le-champ : je l'ai trouvée à fa toilette.
Après les fadeurs, dont on ne fe dif-
penfe pas encore ; (c'eft l'éventail de l'efprit avec les Fammes) ; je lui ai dit :
—Vous êtes belle ; vous êtes fuperbe !
mais il manque quelque-chofe à votre
parure-! J'ai prefenté la plume-de-heron.

           & ij

Madem. D**. fremit de plaisir ét d'admiration. —Il faut la placer ! (ai-je dit). —Oui, il faut la placer-. Elle a fait-à-merveilles ! Je favais bien qu'elle alait au genre-de-beauté de Madem. D**. J'ai demandé à fouper pour le foir méme, hier. —Avec plaisir ! —Nous-feuls, bien-feuls ? —Cela f'entend ; bien-feuls ! J'y alais, quand vous m'avez rencontré. Jugez comme je devais pefter contre les embarras ! Je venais de marquer à Madem. C*** la plûs tendre reconnaif-fance. —Vous êtes un monftre ! —Sans-doute ! C'eft ce que me dirent les Fammes, à la Première d'entr'elles que je fis mettre au Couvent : Vous avez leur langage. —Au Couvent ! —Voulez-vous entendre mon hiftoire-? Je me tus.

Arrivé chés Madem. D***, nous avons foupé. A huit ou dix heures du matin, la Belle m'a dit : —Mais favez-vous que votre cadeau eft charmant!... Parlez-moi vrai ; comment l'avez-vous eu? Car, enverité, vous êtes fi aimable, independamment de lui, que je ferais fâchée que cela vous gênât-? Craignant que ce ne fût un piége adroit, j'ai repondu, que ç'était une bagatelle. On a infifté fi fort ; & de fi bonne grâce, que j'ai vû qu'on était fincère. —Ma-foi, voulez-vous

que je vous dise la verité? —Sans-
doute-? Je l'ai dite. Et Madem. D**
s'eſt écriée : —Quoi, Monſieur, vous
avez le bonheur d'être aimé d'une Famme auſſi genereuſe, auſſi ſenſible, ét
vous n'êtes pas tombé à ſes piéds, quand
elle vous a fait une offre auſſi ſublime!...
Je ne vous reverrai jamais! Reportez-
lui ſa plume-de-diamans, demandez-lui
votre pardon, ét temoignez-lui mon admiration, mon extaſe, mon raviſſement-!

J'ai été enchanté de cette tournure!
J'ai repris la plume; j'avais beſoin-d'ar-
gent: c'était une reſſource admirable!
Je l'ai miſe en uſage-.

A cette chute, je ne fus pas maître de
moi-même; je m'écriai, —Quelle baſſeſ-
ſe-! Et ſans attendre de replique, je
m'élançai hors de l'appartement. J'entendis le Comte-de-S** qui riait de toutes ſes forces, ét ces mots frappèrent mon
oreille: —Le Bonhomme s'enfuit, tout-
effrayé! Hâ-hâ-hâ-!

J'alai raconter ce denoûment à Mad.
De-M****. —Je m'y attendais (me repondit-elle). C'eſt le même, qui diſait
un-jour à une Famme très-aimable :
—Vous êtes bienheureuſe que j'aie deja
fait mettre une Famme au Couvent!
pour établir ma reputation dans le mon-

de ! car fans cela , je vous trouve affés-
bien pour une victime-! Je fremis de
cette corruption-de-mœurs, qui furpaffe
en fceleratefle tout ce que Martial ét
Petrone nous apprennent de la perver-
sité des Romains : Les Courtisans des
Caligula, des Neron, des Domitien,
des Caracalla, des Commode ne fesaient que des bonhommies , comparées
à de pareilles turpitudes!

LE MARRON.

Je fuivis le Boulevard jufqu'au bout
de la rue Sainthonoré. Je defcendis le
Faubourg, ét j'alai gâgner la barrière.
Je pris enfuite du côté des Champs-élisées.
Là, je vis des Hommes qui traverfaient
furtivement des Potagers (detruits depuis peu), deguisés en Garfons-jardiniers.
Je les fuivis avec precaution ; ét je vis
qu'ils introduisaient par-là des ballots de
livres prohibés, qu'on avait fait venir
de Verfailles : Que là, on les mettait
par petites parties dans les coffres des
voitures; qu'on les deposait dans une
maison hors des barrières, ét qu'on les
entrait enfuite dans Paris, entre 2 ét
4 heures du matin. Je les vis arriver
chés un nommé Lecuyer, colporteur,
qui demeurait au Marché-neuf. Je ne dis
mot; car cela ne me regardait pas. Dailleurs ce Colporteur était efpion de police.

CLXXXII NUIT.

SUITE DES BULLETINS.

Je me fesais une loi de passer de temps-en-temps au depôt du Polygyne, pour y trouver des Bulletins. Il paraît que cet Homme me croyait un Briarée, ét un polycephale, puisqu'il multipliait si fort les sujets d'Ouvrages, qu'il inventait pour moi.

1, *L'AMOUR-INSTITUTEUR*, ou *l'unique moyen de se former une Epouse, avec laquelle on soit heureus.* ℟. *Je suppose un Jeunehomme sensé, qui, maître de lui-même, comme il en est beaucoup, penetré de la necessité du mariage pour être honnête-homme, le redoute neanmoins, ét voudrait trouver une Femme, comme son imagination la lui represente: L'unique moyen, c'est de chercher dans une condition honnête, une Fille aimable, moins riche que lui, dont le genre-de-beauté, ait un charme qui prolonge le goût inspiré; une Fille ayant des Parens sages, chés lesquels il se mettra en pension, afin d'être lui-même le maître de la Jeuneperfone, pour la lecture, l'écriture, les arts ét la morale: S'il ne sait pas ce qu'il veut qu'elle acquiert, il faut qu'il l'apprenne. Il faut surtout qu'il respecte son innocence; qu'il lui inculque, de-concert avec ses Parens, d'excellens principes. Quand il l'aura ainsi formée, qu'il sera parvenu à s'en faire-aimer, ou dumoins estimer ét considerer, il l'épousera. Devant, comme après le mariage, qu'il prenne-garde aux Faquins, aux Petitsmaîtres! qu'il n'en souffre aucun, ét s'il le faut, qu'il les chasse avec le bâton. Eût-il 40 ans, à l'époque du mariage avec une Fille de 18, je lui promets le bonheur, s'il emploie ces precautions. S'il a quelque credit, s'il devenait Minis-tre, par exemple, je lui conseillerais de faire rayer du repertoire des COME-DIENS-Français deux bonnes Comedies, l'Ecole des Maris, & l'Ecole des Femmes; car il n'existe pas dans le monde un Ouvrage aussi dangereux que la première: Je le sais: J'ai vu des Femmes de Paris, même de Province, sages, moderées, jusqu'à la vue de cette representation, devenir ensuite des Coquettes, des Superficielles, des Coureu-ses-de-bal: Je les ai vues rechercher les Petitsmaîtres, ou comme dit Molière, les Muguets, ét s'en faire environner. Il est des Ouvrages libres, qui sont beaucoup-moins dangereux, parceque la Lec-trice les meprise, en les lisant: mais l'Ecole-des-Maris, jouée devant une As-*

semblée nombreuse, après une nouveau_
té, porte coup, parcequ'elle paraît as
voir la sanction publique. Les Ouvragee
où le vice eft peint en laid, loin d'êtr
dangereux, font très-utiles, malgré les
cris des Hypocrites, qui n'aiment pas à
voir leur Bon-ami presenté fans mafque.
¶ Nota. On travaillait alors au PAYSAN-
PERVERTI, publié deux années après;
Ouvrage dont l'utilité confifte dans les tableaux horribles du vice. Les Sots, ét furtout les Malhonnêtes-gens, ont affecté de
fe recrier. Mais c'eft que les Premiers,
dupes des Seconds, n'ont pas compris,
que ce font les Pères-de-famille, ét non
les Jeunesgens, qu'il falait effrayer, afin
que les Parens épouvantés retînffent auprès d'eux leurs Fils ét leurs Filles, ou les
rappelaffent, f'ils les avaient éloignés.
Voila quelle eft l'utilité du Livre; tout
doit f'y rapporter; plûs les tableaux font
hideux ét decouverts, plûs ils font effi-
caces. L'Auteur de l'Ouvrage doit favoir mieux fon metier, que Ceux qui,
n'ayant jamais rien écrit, n'ont acquis ní
l'habitude, ni la profondeur de la reflexion... J'ai cru devoir cette explication
aux honorables Lecteurs, aux Redacteurs honnêtes, mais peutêtre trop zélés
(fi l'on peut aler trop loin, quand on ai-
       & v

me la vertu) de *l'Année-litteraire*, du *Journal-de-Nanci*, de la *Feuille-de-Beauvaisis*; à *M. Lecat-d'Abbeville*, ét même à feu ce pauvre *N****, auteur de *la Capucinade*, ét qu'il faut bien se garder de confondre avec *M. Felix-Ne-garet*, auteur eftimable. —Quoi! dit Mad. De-M****) vous avertiffez un Mort! —Son Épouse eft veuve, Madame, ét fes Enfans font orfelins; il doit être mort: l'avis eft pour l'Éditeur de fes Ouvrages pofthumes–. La Marquise fourit.

2, *Les Mille-ét-une Ingenuités*: *Ouvrage propre à montrer l'innocence refpectable du cœur des Jeunesfilles, avant que le Monde les ait corrompues.*

3, *Les Mille-ét-une-Faveurs*. *Il serait à fouhaiter qu'un Homme-de-merite fît cet Ouvrage, pour remplacer, ét faire abfolument oublier la fale ét degoûtante Rapfodie que le Chevalier de-Moüy compofa fous ce titre, dans fa jeuneffe. ¶ On pourrait faire cet Ouvrage d'une manière delicate, ét qui ne compromettrait pas les mœurs: c'eft ainfi qu'après avoir commencé l'Ouvrage avec un Amant ét une Maîtreffe eftimables, on parviendrait à le terminer comme les autres Romans, par le mariage.*

4, *Les Mille-ét-une-Infidelités*: *Cet Ouvrage pourrait devenir très-*

moral, en montrant les gradations par lesquelles une Femme s'égare, après son mariage. L'idée en est très-heureuse!

—5, Les Mille-et-un-Plaisirs, et les Mille-et-une-Disgraces: Ouvrage philosophique, où l'on montre que toujours les premiers sont compensés par les secondes. ¶ Cet Ouvrage est facile à faire; on y exploite une mine fertile.

—6, Les Mille-et-un-Sacrifices. » Celui-ci paraît plus-difficile: mais dans mes idées, c'est la conduite entière d'une Femme ou d'un Ami vertueux, d'un Fils, d'une Fille, qui les font; l'Une à son Mari; l'Autre à son Ami; le Troisieme à son Père, à sa Mère; la Quatrième, à son Père, à sa Mère, à ses Frères, à son Amant. Si néanmoins, un Auteur pouvait faire-faire les Mille-et-un-Sacrifices à une Epouse exemplaire et tendre, l'Ouvrage n'en serait que meilleur.

Je fus très-content de ces titres, et j'exhorte les Jeunes-auteurs qui auront du talent, à tâcher de les remplir.

LA PETITE-POSTE.

Tandis que j'étais à lire, au foyer d'un reverbère, j'entendis courir des Hommes, qui criaient, —Arrête, arrête! C'était au carrefour des rues-du-Parc-royal et Neuvesaintgilles... —C'est

lui! c'eft lui! (dit-on, en m'environ-
nant); il a un manteau bleu-. Je fus
faisi, un-peu maltraité, malgré má po-
liteffe, ét conduit dans une maison de la
rue Boucherat. Là, je me reclamai de
la Marquise de-M**** : Le Facteur de
la Petite-Pofte paffa : Je démandai à-
écrire deux mots; je les lus, & j'en chargeai le Facteur. —Cela ne parviendra
que demain à neuf heures. —Comment!
vous achevez vòtre tournée! vous étes
à deux pas de la rue Payenne, ét vous
ne pouvez rendre mon billet! —Non,
Monfieur; ce n'eft-pas l'ordre. —Mau-
dits foient les Gens (repliquai-je en-
colère), qui font fotement des entreprises
utiles-! Et j'arrachai mon Billet des
mains du Facteur, qui ne voulait plus me
le rendre. J'envoyai un Exprès à la
Marquise, qui vint elle-même me delivrer. On reconnut facilement que je
n'étais pas le Voleur: Les Domeftiques
convinrent que je ne lui reffemblais pas:
Mais le Maître infifta, ét peu lui im-
portait qui fût puni, du veritable Voleur
ou de moi, pourvu que fa propriété vio-
lée fût vengée par les loix. Voila le
Riche: On a vu dernièrement un fcan-
daleux procès, où un Homme opulent,
voulait faire perir un Infortuné, qu'il favait innocent, par cette feule raison:

—Je ne tiens pas le vrai Coupable, qui
m'a menacé de me tuer, fi je ne depo-
sais, la nuit, telle fomme, au piéd de
tel arbre; mais il fera effrayé par la punition de Celui qu'on a pris à fa place—...
Je nommerais bien ce Riche-inhumain;
mais je ne le veux pas.

J'entretins Mad. De-M**** de ma desagreable avanture, ét des titres des Ouvrages : Puis je lui lus 2 morceaux terribles du MONSIEUR-NICOLAS.

A mon retour, je trouvai un Homme
en manteau gris, à l'angle de la rue des
Francs-Bourgeois. Il me regarda, éclata-
de-rire, ét fe retira un-peu. Un autre
Homme, qui était de fa compagnie,
vint me regarder fous le néz, pour me
dire : —L'Ami, vous fesiez une bonne
figure tantôt-! Puis il s'éloigna en riant.
Il me parut que c'étaient les vrais Voleurs,
ét qu'ils ne me crurent pas digne d'étre
fouillé. Les mauvais habits font quel-
quefois-utiles... J'eus un mouvement-
de-frayeur dans la rue Pavée, qui eft
très-deserte, ét je revins par la rue des-
Ballets, aulieu d'aler à la rue Tiron,
par la rue du Roi-de-ficile, où l'on guettait Quelqu'un. Je tirai un coup de piftolet; on s'enfuit; je revins fur mes pas,
ét auffitôt un Homme parut. —Qui va-
là ? (me dit-il). Es-tu un de ces Co-

quins? — Non! mais ils étaient-là, tout-
à-l'heure.... Je l'accompagnai. A fa
porte, rue du Paradis, il me-remercia,
ét je m'en revins par la même route. Je
ne trouvai plus Perfonne.

ÇLXXXIII N U I T.

LE PLAT - POISSÉ.

Je fortis de bonne heure, fatigué du
travail, ét j'alai par la rue Saintfeverin, jufqu'à la rue Saintandré. A l'entrée de celle-ci, un Poliçon de onze à
douze ans, qui entrait chés une vieille
Fruitière, me pouffa rudement. Je m'ar-
rétai. Il demanda du fromage-de-Brie,
ét il apportait, pour le mettre, un petit
plat d'auberge, qu'il jeta fur de la monnoie comptée : la vieille Fruitière, en
ce moment, en rendait pour fix francs.
Le Petit-gaillard ne lui laiffa par un inftant de repos; elle le fervit. Cependant
une petite Fille, à laquelle on comptait
la monnoie, trouvait de l'erreur. Le
petit Gars f'enfuit avec fon fromage,
après l'avoir payé. J'avais entendu parler d'une efpèce d'efcamotage du même
genre: A telle fin que de raison, je fai-
sis le petit Filou par le bras, en lui difant:
— Refte-là un moment, ét ne bouge pas-!
Il ne fe debattit pas dabord ; il detachait
les pièces de deffous fon plat, ét les mettait

adroitement dans fa poche. Lorfqu'il
eut fini, l'envie de f'en-aler le prit; il cria,
il fe debatit vivement. Mais je le tenais
ferme, les ieux attentifs à ce qui fe paffait chés la Fruitière. Elle fe difputait
avec la Petite-fille. —Le compte y était!
—Vous voyez qu'il manque deux pièces
de douze fous, une de fix-fous, deux de fix-
liards, ét une de deux-fous. —Ça y était!
—Ç'a gn' y eft pas-! Après quelques
autres propos du même genre, je traînai
le petit Frippon dans la boutique; je
montrai le deffous de fon plat, ét je dis,
—Voici votre Voleur!... Voyez ce
plat poiffé? Il l'a mis fur votre monnaie...
Aidez-moi? nous alons le fouiller, ét
vous trouverez les pièces poiffées dans
fa poche-. Le petit Efcroq fe mit alors
à faire des cris, comme fi on l'avait égor-
gé: la Petite-fille me donnait des coups-
de-piéd dans les jambes. Je la foupçonnai d'être d'intelligence, ét je lui fermai
le paffage. Je tirai toutes les pièces poiffées de fa poche ét de celle du Petit-gar-
fon; je les rendis à la Fruitière. En ce
moment, un Homme ét une Femme-du-
peuple arrivèrent, attirés par les cris des
deux Enfans: Ils voulurent fe jeter fur
moi: Ce qui m'obligea d'avoir recours
à la Garde. Une Efcouade paffait; je la
requis de mener les deux Enfans, le Père

ét la Mère chés le Commiſſaire : J'ex-
poſai les choses telles qu'elles étaient, ét
la conviction fut complète. Les Parens
dirent, qu'ils n'étaient pas complices :
c'était un petit arrangement entre le
Frère ét la Sœur. On les renvoya neanmoins, avec une injonction ſerieuse aux
Parens de repondre à-l'avenir de la conduite de leurs Enfans. J'ai ſu depuis
que le Frère ét la Sœur avaient volé environ un louis de cette manière, depuis
ſix mois, ét que la ſurprise-en-faute a
fait ceſſer le desordre. Les Parens con-
vaincus qu'ils étaient coupables, les me-
nacèrent, ét même les corrigèrent; ce qui
n'eſt pas ordinaire à Paris. J'alai enſuite
chés Mad. De-M****, qui fut très-ef-
frayée de la ſuite de mon avanture de la
veille. Celle du petit Filou lui parut ſingulière, ét elle me fit repeter la manière
dont il poſait ſon plat, avec une feinte
étourderie, au-milieu de la monnaie
comptée: l'air naïf ét capon de la petite
Fille, en recomptant, lui parut un ache-
minement à tous les vices de ſon ſexe.

JE SUIS PRIS POUR UN MOINE.

Je m'en revenais gravement, par la
rue Saintmartin, alors dans une ſolitude
profonde, lorſque je m'aperçus que j'é-
tais ſuivi par un Ivrogne, qui ſans-doute
venait de ſ'éveiller, & qui, à-raison de

mon manteau, me prenait pour un Moine.
Il commença de m'injurier. —Voila une
belle heure, pour un Religieux! D'où
vient-il à pareille heure? de voir ſes
Maîtreſſes-! Je marchais toujours, ſans
me retourner. —Attens! attens! (reprit l'Ivrogne), je vais te donner des
coups de-canne-! Ceci devenait ſerieux,
ét je pris garde à moi. Vis-à-vis Saint-
jacques-Flamel, une Fille, qui était ſur
ſa porte, me prit auſſi pour un Religieux.
Je m'aperçus alors que la cause de l'erreur était mon collet relevé. J'avais ouï-
dire que les Filles font arrêter chés elles les Moines ét les Abbés. Je fus
curieux de m'en aſſurer par moi-même.
La Fille ſ'était retirée dans le fond de
l'alée; je l'y ſuivis. L'Ivrogne arriva en
ce moment à la porte. Il m'avait apparemment vu entrer. Il vomit les injures
les plûs groſſières; il heurtait à coups-
redoublés; il appelait la Garde, comme
ſi le ſalut public eût été en danger: C'é-
tait ainſi que dans l'ancienne Rome, on
mettait toute la Republique en alarmes,
lorſqu'une Veſtale avait laiſſé mourir le
feu-ſacré, ou violé ſon vœu!... J'étais entré chés la Fille. Elle me mit entre les
mains d'Une de ſes Compagnes, aſſés jolie, ét diſparut. J'attendis quelquetemps;
enfin je voulus ſortir. Je m'aperçus que

j'étais enfermé. Je reſtai ſous la cléf juſqu'à 6-heures-du-matin. Il était petit-
jour, lorſque je vis entrer le Commiſſaire ét l'Exempt. Celle que j'avais ſuivie,
ne m'ayant pas examiné, m'avait pris
pour un Petitcollet. Par-avanture, j'étais
connu du Commiſſaire : Il me demanda,
en riant, ce que je feſais-là ? Je lui racontai mon hiſtoire. Il voulait envoyer
les deux Filles à Saintmartin : —Pourquoi? (lui repreſentai-je): Celle-là n'a-t-
elle pas fait ſon devoir? Et quant à Celle-ci, je vous aſſure qu'elle ſ'eſt com-
portée avec moi en honnête-fille! Erreur
n'eſt pas compte; mais auſſi ce n'eſt pas
faute, lorſqu'elle eſt involontaire-. On
les laiſſa , ét je m'en-retournai.

CLXXXIV NUIT.

LES ANCIENNES-BEAUTÉS.

Hièr, j'ai été pris pour un Moine: mais
journellement il m'arrive d'être pris
pour un bon Prêtre-irlandais , ét j'ai vu
maintefois de jeunes Auvergnats fraîche-
ment arrivés de leur pays, m'exprimer
leur veneration. J'ai quelquefois vu de
Bonnesfemmes , m'apporter, à Saintfeverin, où j'étais agenouillé, le prix d'une
fonction auguſte, que je ne pouvais remplir... Mais il ſera queſtion d'autre choſe
cette ſoirée.

Il y avait près de vingtdeux ans que je n'avais vu l'Heroïne de la 147 CONTEMPORAINE, lorfque je l'aperçus avec fon Mari, ét une Fille de dixhuit ans, qui lui reffemblait beaucoup! mais qui était moins-bien que fa Mère. Je m'arrêtai à les confiderer toutes-deux : La Mère avait encore la forme du visage agreable, mais fes traits étaient groffis, ét l'on n'y trouvait plus rien de delicat. Je l'avais vue fi mignone, à l'age qu'avait alors fa Fille! Quel air touchant d'ingenuité, de candeur! La Jeuneperfone en était bien-loin! Elle avait dans l'air quelque-chose de dur ét de perfifleur; je fentis qu'elle n'aurait pas feduit, comme avait fait fa Mère, pour laquelle un Homme-de-qualité fut tout-prêt d'oublier fon rang, fon état ét fa Famille. Que n'eft-il là-! (penfais-je). Et je m'abimai dans une foule de reflexions. Celle-ci me frappa furtout : — Voila donc la Fille au même âge où j'ai connu la Mère! Fleuve-du-temps! que tu coules avec rapidité! Cependant il eft des Hommes qui te trouvent fi lent, qu'ils te font devorer au jeu ruineux, aux criminelles intrigues, aux noirceurs, aux atrocités, à tous les vices! Je fuis peutêtre le feul qui te trouve auffi court, auffi rapide que reellement tu l'ès pour les Mortels!... Ces charmes qui me feduisirent, pour quî j'aurais donné ... dans des momens d'effervefcence, jufqu'à l'honneur peutêtre ! les voila ! ils m'euffent laiffé bien tranquile, fi je les avais vus comme je les vois !... Les voila, très-peu changés, dans la Fille; voilà leur forme mignarde, ét cependant ils n'ont aucun effet ! Serais-je trop vieus? Je ne crois pas que ce foit la vraie raison: La Fille manque d'un charme qu'avait la Mère, celui de la candeur-........

Tandis que je reflechiffais ainfi, l'on ouvrit la porte, ét je fus aperçu par l'Ancienne-Beauté. —Hâ ! dit-elle à fon Mari, voilà Monfieur-Nicolas-! J'entrai furlechamp, je faluai à l'ánglaise la Mère ét la Fille, ét je complimentai le Mari. Les deux Epoux me parurent encore f'aimer. La Fille me regardait avec étonnement, ét je compris qu'elle était inftruite de mes anciens rapports avec fon Père ét fa Mère : car j'avais fait ce mariage par mes confeils. La Petite-perfonne voulut être polie à mon égard, ét fa conduite fut un mêlange de fon caractère râilleur, & d'une candeur affectée, mais qui cependant l'embelliffait au double. Elle avait beaucoup plús d'efprit que fa Mère ! avantage qu'elle tenait de fon Père, apparemment... Je reftai peu dans cette maison, quoique

les motifs, qui m'avaient obligé à m'en é-
loigner ne fubfiftaffent plus. Je voulus
profiter de la belle foirée, qui m'avait
engagé à fortir de bonne-heure, pour
revoir quelques autres Anciennes-Beau-
tés, ét favoir à quel point elles étaient
changées depuis 20 ans.

J'alai dans la rue Montmartre, près
celle des Vieux-auguftins, à la demeure
d'une très-belle Femme, que tout le
monde admirait. Je la cherchai des ieus,
à la faveur des lumières, ét je ne la trouvais pas. Cependant une groffe Femme
agiffait, alait, venait : Je la fixai : Pas
la moindre reffemblance !... Je crus alors
que la Belle était remplacée. J'entrai, pour
m'en affurer. —Madame, permettez-
moi de vous demander des nouvelles de
Mad. S** ? —Je puis vous en donner,
Monfieur; ét vous ne pouvez vous mieux
adreffer qu'à elle-même-. Elle fourit ;
ét n'en fut pas plûs belle; aucontraire,
fa laideur en fut plûs-marquée. Elle me
reconnaiffait neanmoins. Elle me conduifit par la main dans fon cabinet, me
pria de m'affeoir fur fon fofa. Je la
regardais. —N'eft-il pas vrai, que je
fuis bien-changée? —Madame, je fuis
furpris, qu'avec un Inconnu tel que je
fuis... —Hé! vous êtes Monfieur Nicolas
—Il eft vrai! —Je fuis Mad. S**, ét

je vous ai vu mon admirateur : Ce n'eſt
pas le rôle que vous ferez en ce moment;
mais j'ai ſouvent deſiré de revoir mon
Ami : Rendez-le moi ; je n'ai pas merité
de le perdre-! A ce mot, elle me parut
encore aimable; un je-ne-ſais-quoi, dans
ſon regard, me la fit reconnaître, ét je
me jetai ſur ſa main, que je baiſai. Je
me levai auſſitôt, en lui demandant la
permiſſion de la voir ſouvent. Elle me
l'accorda d'un air attendri, ét je courus
dans un autre endroit.

C'était au bas de la rue Sainthonoré,
près le Boulevard. J'avais connu là une
belle Brune, la plûs belle des Filles peutétre, dont le fourire charmant embelliſſait
toute la Nature. Je la trouvai environnée
de ſes Enfans, elle en avait quatre; un
Fils de 20 ans, une Fille de 17, ét deux
autres Filles plûs jeunes. Mais la Mère...
Les rides avaient devoré ſes charmes, en
ſ'établiſſant à leur place ; elle était mai-
gre; ſon menton était devenu pointu...
Pour moi, j'étais peu changé: Dailleurs,
elle m'avait revu, ſans que je la viſſe.
Elle me ſalua, dès que je parus. Elle fourit, en me diſant, —Je ſuis une vieille
Femme-. Comme elle avait été très-
reſpectable, étant fille, ét depuis excellente epouse, je lui dis, en lui montrant
ſa Fille-aînée : —La Mère-de-famille ne

vieillit pas ; elle ſe renouvelle : Voici
votre miroir.... —Hâ! Monſieur-Nico-
las! (me repondit-elle avec attendriſſe-
ment), vous avez toujours quelque-chose
d'agreable à dire aux Femmes, jeunes
ou vieilles, laides ou belles ; je m'en
ſouviens! Vous ne vous vengez pas des
rigueurs, de la fierté! —Les rigueurs
ſont des titres à mon reſpeſt ; la fierté...
Je vais la recommander à vos Filles ; elle
eſt l'écorce & la ſauve-garde de l'honneur, de la pudicité. —Bon! bon ! vous
me rendez un Ami, qui me ſera toujours
chèr, malgré certaines expreſſions. —Je
ſais que j'étais votre ami, malgré ces
expreſſions ; j'entendis un-jour votre entretien à mon ſujet avec Madem. Demé....
—Quoi! cet entretien, où j'ouvris mon
cœur à mon Amie, vous l'avez entendu! —Oui ; pour vous honorer, comme
vous meritez de l'être. —Hâ! Monſieur-
Nicolas ! vous êtes bien eſtimable! —Ra-
contez votre hiſtoire à vos Filles ; elle
ne peut que leur être profitable: Elles y
verront la veritable vertu, ſans faibleſſe,
& ſe ſoutenant par le charme qu'elle ſe
prête à elle-même. Soyez heureuſe,
aujourdhui, par ces aimables Enfans,
qui ſont votre gloire & votre couro-
ne : Vous êtes encore belle dans vos
Filles ; vous êtes plûſqu'une Femme par

votre Fils... Mon Ami (dis-je au Jeunehomme), il faut honorer votre Mère, par
vos qualités, par vos fuccès: Alons,
du courage! le Fils qui honore fa Mère,
par fes qualités; qui eft un fujet-de-va-
nité pour fes Sœurs, fera mieux encore
pour fon Époufe ét pour fes Enfans...
Et vous, Mademoifelle (dis-je à l'Aî-
née), voyez mon profond refpect pour
Celle qui vous a donné le jour ét vos
charmes; car vous les tenez d'elle! c'eft
à fa vertu qu'on rend hommage: Elle fut
fière; mais non perfifleufe; aucontraire,
elle temperait l'éclat de fa beauté par
la bonté, la raifon; elle s'oppofait à la
râillerie, bien-loin d'en être la complice,
ét par ce moyen, elle parvenait à fe faire
pardonner, ét fes rigueurs, ét fon éclat,
ét fon merite, toutes fes vertus-. Je fortis,
en achevant ces mots.

La jeune Defirée m'avait paru belle;
mais je n'avais éprouvé aucune émotion.
J'alai dans la rue Mazarine, où j'avais vu,
deux années auparavant, une Jeunefille
qui promettait la beauté. Je la trouvai
grandie. Elle était devant la porte, un
bras appuyé fur l'épaule de fon Frère-aîné. Je trouvai Sofie-Letort raviffante,
ét je fentis que j'avais la même façon-de-
voir ét de fentir, que 20 années auparavant. Je me rends chés la Marquife.
Je

Je racontai à Mad. De-M**** l'emploi
de ma foirée. Elle fourit. —Quoi!
(penfai-je), dans vingt ans, ce charmant
fourire fera comme celui de Mad. S··!
comme celui de la Bourfière, ou comme
celui de la Mère de Defirée!... Non!
cela n'eft pas poffible! —A quoi penfez-
vous? (me dit la Marquife). Je le dis
bonnement, et Mad. De-M···· fourit
encore. Elle me montra le Portrait de
fa Mère, à 40 ans: —Voila comme je
ferai, Monfieur-. Je lus enfuite la II.e
LETTRE *du Jeunehomme.*

                                        11 fevrier.

J'ai vu le Spectacle de Nicolet: Quelle pauvre-
té! quelle immoralité! Veut-on corrompre par
fes plaisirs un Peuple deja frivole? A qui f'en prendre! Ce n'eft pas au Gouvernement; il ne veut
que le bien: Ce n'eft pas aux Auteurs; Perfone
n'aime à compofer des Ouvrages deshonorans,...
A qui donc la faute? Aux Spectateurs; aux A-
mateurs du prétendu bon-genre; aux Deprecia-
teurs du Drame, le feul genre utile et legitime!
Des Gens m'ont dit, que les Acteurs des grands
Theatres, à l'infpection desquels les Pièces
des Petits font foumifes, les deterioraient! Je
fuis fûr que c'eft une calomnie, et que les grands
Acteurs n'ôtent que les plagiats de leurs propres
Pièces; encore en laiffent-ils... A qui perfuade-

Tome IV, VIII Part.   A

ra-t-on que les Acteurs ôtent les mœurs d'une
Pièce ? Ils en ôteraient plûtôt une ordure.

J'ai vu l'Ambigu-comiq. On y commence, à
ce qu'on m'a dit, à bannir des Pièces les pointes
indécentes; le Directeur a retranché de son Repertoire les sotises, les platitudes, *Il-n'y-a-plus-
d'Enfans, Les Fourberies-du-Petit-Arlequin*, &lrst.

J'ai vu les Italiens. La première-fois, on donnait SILVAIN, et le DESERTEUR drame : j'ai été
ravi, ému, enchanté! La seconde, j'ai vu l'IN-
DIGENT, et RICHARD-CŒUR-DE-LION: Je n'as-
sistai jamais à rien de si touchant, de si délicieux. La
troisième-fois, on avait affiché une Pièce nouvelle :
Grand-Dieu! quel vacarme! Une Foule d'É-
tourdis, accourus pour poliçonner, bruissaient,
huaient, sifflaient ; puis se demandaient ce que
l'Acteur avait dit? J'en vis Un atrendri, huer et
siffler, pour cacher ses larmes; il venait d'entendre un Mechant ridiculiser ce qui l'avait touché.
Les Connaisseurs étaient jaloux, et sifflaient : les
Sots voulaient passer pour connaisseurs, et sifflaient; les Mechans sifflaient, pour honnir la
vertu; les Incapables, au-desespoir, eussent vo-
lontiers ancanti l'art et l'Artiste; ils sifflaient d'impuissance. J'ai comparé ce Public d'une première
représentation, aux Grenouilles d'un marais, qui
veulent couvrir par leurs coassemens le chant me-
lodieux du Cigne, et fanger le bel Oiseau de limon!

Il est tard, et j'ai de l'humeur. Adieu.

SUITE DES ANCIENNES-BEAUTÉS.

Il me prit envie d'aler gâgner la rue Plâtrière, où j'avais ouï-dire que demeurait une Fille jadis fuelte ét delicate, à laquelle j'avais parlé plusieurs-fois, dans la rue du-Four. Je presumai que je la retrouverais à l'endroit qu'on m'avait indiqué. En-effet, je l'entrevis fur fa porte. Mon manteau l'effraya ; elle mit le verrou. Je me colai contre le mur, attendant qu'elle r'ouvrît : ce qui ne manqua pas d'arriver, après un quart d'heure. Je me presentai alors vivement, deforte qu'elle n'eut pas le temps de refermer. Elle me reconnut. —Hâ ! que vous m'avez fait-peur. —Quoi ! c'eft encore vous ! on me l'a dit ; je ne pouvais le croire... Hà-ciel ! ét qu'eft devenue votre jolie taille, votre charmante figure ! comme vous êtes enlaidie ! —Oui, de-près : mais de-loin, on me croit encore jolie. —On m'a dit, que vous reftiez prefque toute la nuit fur votre porte ? —Que voulez-vous ? il le faut bien ; de-jour, Perfone ne vient ; je recueille la nuit les Joueurs, les Enfans-de-famille qui ne peuvent rentrer : Quelquefois les Efcroqs, les Filous qu'on pourfuit : car la Police eft fi exacte à-present ! —Ma pauvre Flore ! quelle vie ! —Hâ! fi j'étais à recommencer !

—Mais vous avez tant d'embonpoint, que vous rempliſſez toute votre porte-! Elle ſortit pour ſe montrer. Elle me fit-horreur! c'était une groſſe boule! —Sûrement vous n'aimez plus le vice? A quoi ſeriez-vous propre? —Voulez-vous le ſavoir? A conduire des Jeuneſfilles, qui debuteraient, d'après les principes d'un Livre qu'on m'a prêté, que j'ai acheté, que je lis ét relis ſans-ceſſe: Voila ma capacité: l'on ſerait content de moi-. Je lui promis de l'avertir, ſi jamais ce Plan de reformation était mis-en-vigueur *.

—————————

* Je ne l'ai pas oubliée, en 1786: je l'ai adreſ-ſée à un A ****, qui l'a placée.

ÇLXXXV NUIT.
LES BOUQUETIÈRES.

Une veille de la Saintjean, après avoir vu le Curé de Saintnicolas brûler un fagot en ceremonie, je pris par la rue Saintvictor, ét je gâgnai le faubourg Saintmarcel. En route, je ne voyais ét n'entendais que des Bouquetieres, qui garniſſaient les angles des rues, ou ſe promenaient, en criant, *Des Bouquets pour Jeannot-Jeannette!* D'Autres qui voulaient faire les puriſtes, disaient, *Pour Jean ét Jeanne.* Je les examinais, ét je reflechiſſais en moi-même, ſur l'étendue du luxe, qui va porter ſa main meurtrière

jufque fur la derniere Clâffe! Et je me defi-
nis alors le luxe, la cause d'une occupation,
qui produit au Travailleur un gain, pour
un ouvrage fterile. Ainfi le jeu, où l'on
gâgne fouvent des fommes immenfes,
eft un travail fterile. Deux Joueurs,
cent Joueurs qui luteraient fans-ceffe les
uns contre les autres, finiraient par fe ruiner ét mourir de-faim. A-la-verité, le
travail des ouvrages de luxe, comme les
dorures, les peintures, les gazes, les
fleurs-artificielles, n'eft pas auffi nul que
le jeu, parceque les premières furtout
peuvent fe vendre à l'Etranger: Mais je
pose en fait, que ces ouvrages, bornés
à l'Etat, font mortels ét deftructifs; je
pose en fait, qu'un Pays où l'on fait de
fuperbes édifices, qui emploient une foule de bras, doit f'appauvrir, comme un
Laboureur ét un Vigneron qui f'amuse-
raient à entourer le champ ou la vigne de
murailles, au lieu de les labourer, femer,
ou planter. J'ose donc affurer, d'après
les lumieres du bon-fens, que le luxe ét
fes ouvrages ne doivent-être foufferts
par le Gouvernement, qu'autant que les
derniers empêchent de fe fournir chés
l'Etranger; que la prohibition des in-
diennes, qui alait jufqu'à les faifir fur les
Femmes, était une loi belle, jufte fur-

tout, ét que la punition aurait dû être
encore plus rigoureuse que l'amende.
Les ouvrages de luxe ne font avantageux
qu'avec une grande furabondance de nourriture dans un pays très peuplé: Et quand
je dis avantageux, il faut feulement entendre par ce mot, favorables à l'augmen-
tation des richeffes, ét à perpetuer l'ine-
galité des fortunes: Car, quant aux bonnes
mœurs, au vrai bonheur du Genre-humain,
le luxe y eft toujours contraire. Refte à
favoir, fi dans l'état actuel des choses en
Europe, on peut être en-fûreté contre
les Ennemis du dehors, avec des mœurs,
des vivres en abondance, ét peu d'argent;
C'eft ce que j'ignore, n'ayant jamais eu
aucun emploi dans l'adminiftration publique. Revenons aux Bouquetières.

Je fentis en moi-même, que c'était un
mal, que les Femmes de la populace fuf-
fent uniquement employées à colporter
vainement des choses inutiles, comme
les fleurs, qui occupent des jardins ét
des Jardiniers en-pure-perte. Je fentis
que chaque Particulier, qui voudrait donner une fleur, la trouverait bien fans les
Bouquetières. Je fentis en-outre, qu'il
ferait fage, utile, de fupprimer infenfiblement toutes les Colporteuses de fruits, qui
ne font que des Faineantes, des inutiles,
puifqu'il y a des Fruitières dans tous les

quartiers; que tous les Membres des cris
de Paris, font de mauvais-ſujets, dont les
Enfans ne ſont que des Eſpions, des Voleurs, ét des Proſtituées; qu'on a tout
ſous la main, ſans ces Gens-là: Je conſiderai, qu'un Peuple entier eſt occupé
à tranſporter vainement, ét ſans but
utile, les alimens legers, les petites mar-
chandiſes, en les déteriorant; Que c'eſt
un-moyen de debiter, en les feſant dévo-
rer aux Enfans, les plûs mauvais fruits,
dont la verdeur donne des maladies, ét
appauvrit l'Eſpèce-humaine; Que ſi l'on
ſupprimait petit-à-petit ce colportage, en
indiquant des ocupations fructueuſes à la
Populace, il en réſulterait un grand avantage pour la main d'œuvre des manufactures utiles; Que pour en tirer tout le parti
poſſible, ét rendre utile la Populace de
Paris, il faudrait que l'exportation des
grains à l'Etranger fût prohibée, ét que
toutes les récoltes fuſſent deſtinées à rendre facile la ſubſiſtance des Travailleurs;
ét au lieu d'exporter les grains, on ex-
porterait le produit, à bas-prix, des
manufactures laines ét ſoies: Qu'il faudrait ſupprimer à Paris les entrées ſur le
vin; y diminuer le prix de la main-d'œuvre de toutes les profeſſions, ét gâgner
ainſi nous-mêmes le produit de notre

exportation de grains, par le meilleur-
marché de notre induſtrie.   Je ne doute
pas qu'alors les recoltes ne fuſſent plûs
abondantes, le Peuple étant bien nourri,
furtout ſi l'on interdiſait les terres de luxe,
les parcs inutiles, ét ſi chaque grand Propriétaire était rigoureuſement taxé,
pour tout le terrein ſterile, à un louis
l'arpent.   Alors, comme il y aurait de
l'excedent en grains, après que tout le
Royaume ſerait fourni, on pourrait, mo-
mentanement, ſe debarraſſer du ſurplûs,
à tel prix qu'on voudrait, puiſque tout
ſerait garni.   Je reflechis ſur les inconveniens terribles de la chereté de la main-
d'œuvre ; j'en conſiderai les ſuites perni-
cieuſes ſur la Populace, qui ſemblable
aux Hordes ſauvages, ne voit que le pre-
ſent: Si elle peut gâgner ſon neceſſaire
en trois jours, elle ne travaille que trois
jours, ét ſe debaûche les quatre autres.
Mais alors elle n'a pas ſon neceſſaire,
elle eſt miſerable; elle emprunte, ne paye
pas, ruine le Boulanger, le Cordonnier,
le Marchand-de-vin, quoique Celui-ci
l'empoiſonne pour ſe retirer : Tout eſt
dans le desordre. Mettez aucontraire la
main-d'œuvre à bas prix, la Populace,
toujours machine, travaille les ſix jours,
parcequ'il lui faut ce travail pour former
la ſomme de ſa depenſe ; elle ne ſe deran-

ge pas, ét eſt moins oberée, en gâgnant
neuf livres par femaine, qu'en pouvant
en gâgner dixhuit. Jeparle ici de ce que
je fais, ét je proteſte au Public ét au
Gouvernement, que c'eſt l'exacte verité;
c'eſt le fruit d'obſervations mille-fois
repetées, ét que je ſuis peutêtre feul en
état de bien faire, par ma poſition *.

Je me promenai dans tout le faubourg,
ét partout je vis des Hommes, des Femmes, des Filles, des Enfans enguenilles
acheter des bouquets. Je retournai enſuite dans les beaux quartiers; les Bouquetières n'y étaient pas auſſi multi-
pliées, ét vendaient peu, parcequ'il y
avait moins de Jeans ét de Jeannes; on
y porte de plus beaux noms; ét encore
parceque plus de Perſonnes ſ'y diſpen-
ſent de donner des bouquets.

J'alai enſuite chés la Marquiſe rediger mes reflexions, que je lui lus, après
mon ſouper.

L'HOMME-A-L'AFUT.

Je fis une excurſion dans le faubourg
Saintgermain, en m'en retournant. Au
coin des rues de-Tournon ét des-Qua-
trevents, j'aperçus quelque-choſe qui
grouillait, ſous l'auvent d'une boutique..

---

* Elles ſont encore bien plus certaines aujourdhui 22 octobre 1787!

A v

Je m'arrêtai. —Paffez! (me dit-on); ce n'eft pas vous que j'attens-. J'hesitai fur ce que j'avais à faire: Je ne voyais pas du-tout que je fuffe obligé d'obeïr ainfi à un Homme. J'alai me mettre fous là porte de la Foire. —Paffe! (me cria l'Homme), paffe ton chemin. —Paffe-le toi-même: Moi, je refte ici-. A cette reponfe, l'Homme furieux f'avancé vers moi: —Je vous avertis, Monfieur, que j'ai deux piftolets, ét qu'il n'eft pas fur de m'approcher de plûs de dix pas-. L'Homme f'arrêta. —Si vous n'avez pas à faire ici (me dit-il) paffez: Je fuis chargé d'une commiffion, qui demande que je voye toute la conduite d'un Homme fuf-pect. —Si vous êtes un Homme utile (repondis-je) il faut que je vous cède. Je me retire: Mais croyez que je vous obferverai-. Je m'éloignai auffitôt. J'at-tendis jufqu'au jour, ét je ne vis rien. Mais j'ai fu depuis, que l'Homme guetté n'avait pas échappé. Je n'aime pas les Guetteurs, je ne voudrais pas l'être, fi ce n'eft d'une manière generale: Mais je conviens qu'ils font utiles, ét qu'ils pou-raient être honnêtes-gens.

ÇLXXXVI NUIT.
LES BAINS

Il commençait à faire chaud: les bateaux-de-bains étaient arrangés; l'extrême chaleur y attirait la Foule le soir, pour deux raisons; parcequ'alors on est plus libre, et parcequ'une sorte de pudeur empêchait encore les Femmes d'y aler le jour. Je fis le tour du bassin, et j'observai les differens bains, tous placés singulièrement, et d'une manière bien opposée à ce qu'ils feraient en Turquie ; car toujours les bains des Femmes étaient audessus de ceux des Hommes. Les premiers bains que je vis, étaient arrangés au-bas des grands-degrés, l'un sur la rive du quartier de la Place-Maubert, l'autre vis-à-vis, pour l'Ile-Notredame, ou la Cité; ces bains ne sont que pour les Femmes. Je continual ma route par l'Ile, et je vis des bains audessus et audessous du Pont-marie, avec deux grands écriteaux attachés au parapet: Celui d'amont, était ainsi conçu: *Bains des Dames publiques et particulières.* Il faut convenir que la langue est singulièrement outragée dans tous les écriteaux et toutes les enseignes de Paris, et qu'elle ne devrait pas l'être; mais ici, l'ignorance grossière était scandaleuse; et si c'était une mauvaise plaisanterie, elle était punissable: J'en avertis la Conciergie. L'écriteau des Hommes était tout simple. Je continuai ma tournée. Je vis des bains sur le Port-au-bled

A 4

pour les deux-sexes. J'en trouvai d'autres
au-deſſous du Pont-henri, vis-à-vis la rue
des-Poulies, d'autres ſur le quai des
Théatins ; enfin j'en vis au bas du quai
de l'Horloge, derrière la Plate-Daufine.
Il était fort-tard. Des Enfans, des Ap-
prentifs ſe baignaient dans le petit-bras
qui paſſe devant les Auguſtins, et les ſépa-
re du quai des Orfèvres. J'obſervais combien ces bains meſquins, qui reſſem-
blent à ceux que pourraient avoir de
pauvres Sauvages, annonçaient la mal-
propreté de la plûs grande-Ville du monde! Cinq à ſix bains cabanés pour
Paris! C'eſt que Perſonne preſque ne
ſ'y baigne, et que Ceux qui le font ſe
bornent à une-fois ou deux par-été, c'eſt-
à-dire par année. Tandis que je feſais
là-deſſus des reflexions, et que je deſirais
que l'uſage des bains fût plus étendu,
j'entendis quelque bruit du côté du petit-
bras de la rivière. C'étaient les Enfans-
baigneurs qui ſ'enfuyaient. Il y avait
un ordre, pour les empêcher de ſe laver dans la rivière, à l'endroit le moins
dangereux, où même il ne peut y avoir
aucun-danger. J'appris qu'il exiſtait pour
eux un bain, à la pointe du jardin des
Enfans-de-cœur, où l'on voulait qu'ils
alaſſent. S'entaſſer, policonner et ſe corrompre. Je fus ſurpris et choqué ; mais

le pouvoir me manquait contre cette barbarie très-immorale! Je parlai au Sergent de la garde: La raison qu'il me donna, c'est que les Enfans venaient-là le jour, ce qui était très-scandaleux! —Scandaleux! (m'écriai-je): Il est scandaleux que des Enfans se lavent, dans un endroit découvert, où l'eau n'a que 2 piéds de profondeur! Enverité, je ne conçois plus rien à la decence de notre siècle corrompu! Bientôt on defendra aux Nourrices de passer la chemise à leurs Nourrissons mâles, et les Sagesfemmes ne pourront plus dire le sexe de l'Enfant! Hé! morbleu! laissez, laissez ces pauvres Enfans se laver, s'approprier, non la nuit, qui souvent est trop fraîche; mais au grand ét beau soleil! dussent quelques petites Filles de Libraire les apercevoir de leur fenêtre: dussent les petites Blanchisseuses les voir de quelque cinquante pas, et quelque Bourgeoise curieuse, les examiner, en s'appuyant sur le parapet! Quel mal cela produira-t-il? Et le bien fera l'apprentissage de la natation, la propreté, la santé! Cela vaut mieux que les bains et les établissemens particuliers, où il faut payer: Quelque modique que soit la somme, elle est audelà des moyens des Enfans. Tandis que je parlais au Sergent, les

Enfans s'échapperent tous. Un de ses Soldats lui fit reproche de m'avoir écouté. —Taisez-vous! (lui repondit le Sergent); croyez-vous que je ne les aie pas vus comme vous? Il continua sa route, ét ne trouva plus Personne.

J'alai ensuite à la pointe, appelée le Terrein, en passant par la barbare ét gotique Cité, qui est plutôt un inextricable labyrinthe, qu'une ville: Figurez-vous des rues philadelfes, où 2 Personnes qui se rencontrent ne peuvent passer qu'en s'embrassant, tortueuses, mal-propres; des maisons en pierres-de-tâilles, élevées de 4 étages : On y étouffe; l'air n'y circule pas; on croit se promener au fond d'un puits. Je parvins difficilement au Terrein, quoique je me fusse bien orienté: Là, je vis une foule d'Enfans, qui semblaient moins reünis pour se baigner, que pour poliçonner: Ils se battaient ou se fesaient des malices. Je me retirai: Je repris le chemin de l'Ile-Saintlouis par le Pont-rouge, restes honteux des peages barbares de la feodalité: Je donnai mon liard, ét je respirai enfin: Il est vrai que l'odieuse Cité doit avoir l'air d'un cachot; le tourniquet, un Geolier! Je passai, sans trop m'embarrasser du bain des Hommes, vis-à-vis la rue de la Femme-sans-tête; on y fesait peu de bruit : mais du milieu du Pontmarie, j'entendis le caquetage du Bain des Femmes. J'alai vis-à-vis la rue Poultier ; je m'appuyai sur le parapet, ét je tâchai d'entendre : mais il était impossible de distinguer, parceque les conversations se croisaient. J'entendis pourtant quelques gaîtés. La decence publique ne me permettait pas de prendre aucun moyen de m'approcher, quoique ce ne fût que pour entendre ; puisque l'obscurité m'aurait empêché de voir. Cependant il y avait une lumière ou deux. J'attendis les Baigneuses, que j'observais, à-mesure qu'élles sortaient. Il y en avait de très-interessantes. J'étais appuyé sur le parapet, panché de-manière, que j'entendais la conversation particulière de Celles qui montaient l'escalier ; la plupart des Jeunes-personnes étaient avec leurs Mères, une Bonne, une Tante, une Voisine : Je comprenais cela par les discours qu'on tenait. Enfin je vis paraître deux Jeunes-personnes, qui montaient seules. —Vous l'avez échappé-belle ! Enverité, je ne veux plus que vous vous exposiez ainsi ! —Ma chère Sofie ! que risquez vous ? avec vos charmes, on ne peut que gagner. —Cela n'est pas bien ! Dailleurs vous m'avez surprise, ét avant de vous reconnaître, jai manqué de vous trahir...

Vous êtes donc venu tout-feul? —Sans-
doute ! et Perfone au monde ne fait cette
efcapade. Je n'avais que ce moyen de
vous parler en liberté. —Mais ma Tante
ne vient pas ! (dit la Jeuneperfonne) ;
Je vais l'attendre : Vous m'avez dit que
vous demeuriez tout-ici près ; alez-vous-
en ! —Il fera temps, quand elle paraî-
tra. —Hâ ! tenez ! elle ne m'a pas vue
fortir ! la voila qui m'appelle... Adieu-.
Le Jeunehomme acheva de monter les
degrés. Lorfqu'il fut auprès de moi,
je lui dis : —Je vous ai entendu, monfieur :
Je vais parler à la Tante. —Que me
veut donc cet Infolent ? —Point , point
de ces façons! vous ne repondez pas comme une Jeunefille repondrait... Alez ,
monfieur le Sicophante, alez-! Il me
pria pour-lors de ne rien dire. —Non,
je ne causerai pas à la Jeuneperfonne une
auffi cruelle mortification! Mais prenez
garde à vous-! Il f'éloigna. J'attendis les
Dames, et je les fuivis , pour favoir leur
demeure. La Tante rentra. La Jeuneperfonne refta un moment fur la porte; fans-
doute pour voir fi le Jeunehomme l'avait
fuivie. Je faifis ce moment pour lui dire,
que j'avais tout decouvert. Les deux
Amans me demandèrent de-nouveau le
fecret; que je mis toujours à la même
condition. Je courus chés la Marquise.

Le Jeunehomme en fille m'accompagna pour me parler: Je fus inflexible. Il rentra chés fon Notaire, ét j'arrivai.

Mad. De-M···· me remercia de la peine que je m'étais donnée pour elle; mes reflexions ét ma conduite furent également approuvées: L'HOMME A L'AFUT la furprit, ét elle admira ma hardieffe, en me recommandant de ne pas m'exposer. Le hasard va cependant amener quelquechofe de pis.

LE CHANTEUR-DES-RUES.

Je m'en revenais par la rue Montorgueil, après avoir traverfé la rue Saintmartin, ét celle de Saintdenis audeffus de Saintchaumont. J'ai toujours abhorré les Chanteurs-des-rues, ét en-general tous les Colporteurs; ce font des Miserables fans mœurs, des Faineans, des Inutiles. Je desirerais qu'on fît une commiffion honorable de la diftribution des Arrêts, laquelle ferait confiée aux Facteurs des deux poftes, à un prix fixé; tandis que le cri fe ferait par quatre Jurés-crieurs à cheval, précedés d'un Trompette, ét de deux Crieurs, qui fe repartiraient dans tous les quartiers: Les Officiers, leurs Gens, ét les Facteurs feraient payés fur le produit de la vente, fans coûter un fol à l'Etat: Si la vente était bonne, tant-mieux : Mais ils ne pourraient employer de Colporteurs. Le cri de l'Arrêt-de-mort, serait accompagné d'un son de trompe lugubre: Le but de ce changement serait aussi d'imprimer de la terreur, par les executions, qui se feraient avec encore plus d'appareil qu' aujourdhui ; car on devrait ordonner le son des cloches, à l'heure de la sortie du Coupable. Le jugement-de-mort devrait être prononcé par le Juge-superieur, publiquement, non dans l'audience, mais dans la grande-salle du Palais, du haut d'un gradin, ou même du haut du perron du grand escalier. Après que le Juge aurait prononcé, un Crieur repèterait la peine, à haute-voix : puis tous les Juges rentreraient la tète baissée, et le visage couvert de leur main...

Près la rue Tiquetone, je trouvai un Chanteur ivre, avec la Creature qui lui servait de second, ancienne Servante de petite Auberge de la rue des Lavandières. Ils me reconnurent : —Tiens (dit l'I- vrogne), voila ce M.-Nicolas ; il ne nous aime pas ; il l'a dit. I' fait trouble ; i' gn'y a Personne ; il faut lui donner son *exeat*. Je n'étais pas fort effrayé : Je m'arrêtai, et me mis en garde. Je ne sais quoi, que je sentis par derrière, me fit faire un mouvement rapide, qui

me fauva : Car un Camarade de ce Mi-
ferable, qui n'exifte plus, me portait un
coup de canuche, qui m'aurait affom-
mé, f'il eût atteint ma tête. Je faifis
l'inftrument, ét par un revirement de
parties très convenable, je m'en fervis
contre les trois Chanteurs, que je ne
menageai pas. Aucun d'eux ne cria ; je
les roffai tout-à-mon-aise, ét j'empor-
tai le bâton, qui était une forte de petite maffue d'épine, avec un gros-bout
naturel, qu'avait formé le tronc. On
nomme cela canuche en Bourgogne.

ÇLXXXVII NUIT.
LES LARMES D'UN FILS.

Je paffais fur le Pont-de-la-Tournelle :
un fiacre, dans lequel j'entrevis deux
Gardes, conduifait à la prifon des Galè-
riens un Vieillard condamné. Un Jeunehomme, accablé de douleur, marchait
derrière la voiture. Je fuivis auffi. Arrivé à la porte terrible, le Prifonier déf-
cendit, ét le Jeunehomme f'avança pre-
cipitamment, pour lui baifer la main.
—Quel eft ce Vieillard, dont vous venez
de baifer la main ? (lui dis-je, en m'approchant). —Helas ! c'eft mon Père-!
Je fremis de la fituation de ces deux Malheureux ! Je donnai un louis au Fils,

qui le remit à fon Père! (On fent que je
donnais ici pour la Marquife). Le Jeunehomme ne pouvant fuivre fon Père,
demeura auprès de moi, ét me fit des re-
mercîmens pleins d'énergie. —Qu'a donc
fait votre Père? Il vous a bien élevé?
Comment eft-il coupable? —Par le luxe
de notre maifon, dont il ne voulait rien
rabatre, depeur de nous mortifier: Il a
mis à la loterie des fonds dont il n'était
que depofitaire! il f'eft noyé, en voulant fe fauver! Vous voyez les effets de
fa trifte fpeculation! —Le luxe! (pen-
fai-je): hâ! qu'il fait de mal!... Que votre Père, accoutumé à l'aifance, va être
malheureux! J'en fremis!... —Hâ! fi je
pouvais le delivrer! j'expoferais ma vie-!
Je lui demandai fa demeure, ét je le laiffai à la porte de la prifon. Je courus
chés la Marquife.. Elle a tout employé
dans la fuite, mais fans pouvoir reüffir...
Il falait un exemple, pour effrayer les
Depofitaires infidèles, fi multipliés de
nos jours: Mais elle a rendu fervice au
Fils, qui eft honnête-homme, ét qui a
changé de nom, dans fon emploi, quoiqu'il appofe fa vraie fignature, pour fes
affaires perfonnelles.

Je lus la fuite du JEUNEHOMME.
(Je fupprime les autres Lettres de cet Ouvrage).

L'EMPRISONNEMENT.

Pourquoi enlève-t-on la nuit ? Le Prince est un père qui châtie, et non un maître barbare qui effraie: Le cas d'une fermentation populaire, est le seul où il soit permis d'enlever dans le silence de la nuit & des ténèbres: si on se le permet pour d'autres causes, c'est que des Subalternes veulent cacher une injustice, ou leur oppression dénaturée. Je passais dans la rue Grenetat. Je vis un carrosse entouré, qui marchait au pas dans un silence profond. Cependant quelques cris étouffés se fesaient entendre. C'était une Femme, sans-doute coupable, que l'on conduisait dans une maison de Repenties. Quel était son crime ? Je l'ignorais dans le moment : mais je l'ai decouvert par-la-suite.

Cette Infortunée avait un Amant, qui l'aimait avant son mariage : Elle pleurait tous les jours son union avec un Homme qu'elle detestait, et qui ne l'avait épousée que par interêt. Cependant elle évitait la vue & la rencontre du Jeunehomme aimé. Le hasard les rassembla dans une maison-tierce ; ils se parlèrent : Depuis ce moment, ils s'écrivirent, et s'écrivirent trop sincerement. Un Valet d'un côté, une Femme-de-chambre de l'autre, conçurent qu'ils pouvaient fe procurer un avantage, en trahiffant l'Une fa Maîtreffe, l'Autre fon Maître : Ils montrèrent toutes les lettres au Mari, avant que de les remettre : Celui-ci fit imiter l'écriture des plûs-fortes, ét il en remettait la copie, gardant l'original. Enfin, il y en eut une, dont l'expreffion embarraffée femblait annoncer qu'on defirait fa mort. Il l'empoifonna, en la ponctuant fauffement ; il fit même changer quelques mots dans la copie envoyée. Armé de cette pièce fatale, il obtint un ordre contre fa Femme, que je viens de voir mettre dans une Maifon-de-force.

Je m'étais éloigné, la douleur dans l'âme, ét je m'en retournais penfif, lorfque je rencontrai une autre voiture, efcortée comme la première, & par les mêmes Gens : C'était le Jeunehomme, à ce que j'ai fu depuis. Heureufement pour ces deux Infortunés, que tous-deux ont donné la même explication de leurs lettres, fans f'être confultés. Ils ont encore prouvé la contrefaçon de leur écriture par le Mari, les ayant toutes confervées ; ét le petit changement malicieux n'a pas fait de bien à fa caufe. Cependant la Femme eft demeurée fous

l'ordre d'emprisonnement; on l'a seulement transferée dans une maison plûs
honnête. Pour le Jeunehomme, après
qu'il a eu prouvé les menées de son Ri-
val, pour rompre un mariage arrêté par
les deux Familles, et qu'il a eu promis
de se comporter avec decence, il a été
remis en liberté. L'on s'attendait qu'il
appelerait en duel le Mari. Mais il n'en
a rien fait. Il s'est même éloigné de la
Capitale. L'on a su depuis, que c'était
dans l'esperance de pouvoir un-jour é-
pouser la Veuve.

C'est ce qui vient d'arriver, aubout de
25 années. Ce Jeunehomme était bouil-
lant, et il avoue aujourdhui, qu'il a falu
la consideration puissante d'un insurmon-
table panchant, pour le forcer à respec-
ter les loix, et à se montrer raisonable.

CLXXXVIII NUIT.
LES BILLARDS. ACTEURS.

On joue au Billard pendant la journée:
Il est tant d'Inutiles à Paris! Cependant ce ne sont pas les Inutiles proprement dits, qui font le grand nombre, au
Billard; ce sont les Souteneurs-de-Filles
et les Domestiques. Les Maîtres, même les Ecclesiastiques, ne daignent pas
veiller à l'occupation de leurs Valets, et

ils laissent securément leur bourse et leur
vie à la merci d'un Oisif, d'un Joueur;
c'est-à-dire d'un Homme souvent corrompu
par l'inutilité; plûs souvent emporté par
une passion violente, qui ne respecte rien.
Les longues soirées d'hiver, quoique le
Billard aux lumières se paie le double, sont
le temps des parties intéressantes. La
raison en est, que tous les Domestiques,
alors revenus de la campagne où de la
Province, ont achevé leur service journa-
lier à 9 heures; que les Semestres sont à
Paris; et que les Filles-perdues gâgnent
davantage : Car non-seulement elles four-
nissent de l'argent à leurs Souteneurs;
mais elles s'interessent dans les parties
d'un Joueur habile de la main, et rusé
dans l'arrangement des points à rendre,
ou des avantages à faire. La raison en
est que le *Monsieur* qui ne joue pas pour
lui-même, est plûs hardi, qu'il a plûs
d'adresse, et que ses coups sont plûs-beaux.

J'avais entrevu le Billard quelques années avant 1775 : celui que je choisis pour
mes observations, était au bout de la rue
Saintandré : La salle n'était pas aussi crapuleuse que celle du quai de-la-Ferraille,
à la maison qu'occupait autrefois Ricci
l'arracheur-de-dents, et les Joueurs n'y
étaient pas aussi relevés qu'au Billard de
la

la rue Mazarine, ni même que celui du Verdelet. Il tenait le milieu. Je parlai de mon deſſein à la Marquise, qui l'approuva fort, ét qui m'exhorta vivement à le fuivre.

Ce fut le 15 n.^{bre}, après la publication de mon grand Ouvrage (le PAYSAN), que je commençai mes feances. Je fortais à 8 heures. Le Billard était alors ſi plein, qu'on ne pouvait y trouver place, ét l'on y étouffait, comme à la dernière feance de l'Academie-française. La Foule diminuait à neuf heures, ét l'on fe trouvait à l'aise à dix. La feance finiſſait à onze-heures, au grand regret des Joueurs & des Paris!... Comme ce Billard fournira plusieurs nuits, il faut en faire connaître les Acteurs.

Le Prevôt, nommé L'Aloi, était un petit Chatfoin plein d'aigreur, dont le fauſſet était propre à fe faire entendre audeſſus du continuel ét bruyant murmure de l'Aſſemblée. Il avait pour Acolytes deux fecs ét plats Perſonnages, qui ne jouaient jamais que des parties de frais; ils ne pariaient qu'en fecret, ét en fe mettant de-moitié avec Un-autre. Je fus depuis que c'étaient des Efcroqs, auſquels le jeu avait été interdit, après un petit feminaire à Bicêtre. Mais il ne falait pas fe contenter de leur interdire

Tome IV, VIII Part.   *B*

le jeu, il faláit leur ordonner le travail: Peutêtre l'avait-on-fait, car ils étaient toujours avec le tablier de leur profeſſion. Un de ces Acolytes mouchait pour le Prevôt, lorſqu'il était abſent, marquait, étlerefte. Un quatrième Acteur était un Garſon-Marechal, en veſte rouge, tablier de cuir: Venaient enſuite deux Domeſtiques, joueurs ou parieurs impitoyables. Puis deux Souteneurs, redreſſeurs habiles, qui affectaient d'être honnêtes, ét qui, juſqu'à ce moment avaient évité le feminaire ét l'interdiction. Je vis enſuite une foule d'Elèves! des Dupes habituelles, au nombre desquelles étaient deux Marchands-Fripiers de la rue Daufine, Eſclabaſſe ét Henri, que depuis j'ai vu eſcroqs; un gros Garſon, maître Bourrelier, très-ſot, très-brutal, ét très-dupe, qui mangeait la dot d'une Femme aimable, que ſa farauderie avait ſubjuguée. Il y avait juqu'à un petit jeune Garſon-Tailleur, natif de Paris, ét ancien enfant-de-cœur, reſté maître de lui-même avec la ſucceſſion d'une vieille Tante, qu'il venait diſſiper au billard: Il jouait fort-mal, ét ſe feſait faire de gros avantages: Il ſe conſerva quelque-temps, par la raiſon que je vais dire. J'obſerve que c'eſt à lui que je vis tenis le Billard à la première ſeance.

Il y a, dans chaque Billard, ce qu'on nomme le Tripot, à la tête duquel il faut que le Prevot soit toujours. C'est ordinairement le Tripot qui arrange les parties entre les Joueurs ; c'est-à-dire, qui decide, que Tel peut jouer au-pair avec Tel, ou que Tel doit rendre tant de points à Tel. Ces decisions sont souvent partiales, et c'est au Perdant à les changer, ou à quitter. Mais souvent la fureur-du-jeu est telle, que le Gâgnant ne voulant pas ceder, le Perdant continue à jouer en dupe. C'est aussi le Tripot qui decide de la valeur des coups, quoique le Prevôt paraisse demander l'avis de toute la Galerie. Tout-cela s'éclaircira davantage par-la-suite. Pour revenir au Tailleur, qui jouait avec un Croq-de-billard, lors de mon arrivée, et qui perdit par conséquent, il était tout-consterné, sa perte alant à deux louis-et-demi. A huit heures, L'Aloi dit un mot au Joueur-gâgnant, et Celui-ci voulut quitter. Il se trouvait dans la Galerie, un Domestique d'Evêque, gros gaillard au teint fleuri, et qui paraissait très-avantageux. Il demanda au petit Tailleur, S'il avait encore de l'argent ? Je m'aperçus que le Laquais était soufflé ; j'ai su depuis, que c'était par les Membres du Tripot. Le petit Tailleur montra deux louis. A cette

B ij

vue, il fe fit un fremiffement de cupidité
dans toute l'Affemblée : mais le gros Laquais eut la preference ; parceque le
Tailleur ayant le billard, il difpenfait fon
Joueur de le tirer. La partie commença, dès qu'on eut decidé, à la pluralité,
que le Domeftique, dont on connaiffait
le jeu ; donnerait huit points, pour lesquels le Tailleur lui fauverait cinq blou-
ſes. Cette partie presente un avantage
énorme en faveur de Celui qui reçoit 5
blouses; mais ce n'eft prefque rien; un
habile Joueur la fait tourner à fon profit, par le privilége de fe blouser dans
fon trou; par l'adreffe qu'il a de rame-
mener la rouge vers fa blouse, et d'exposer ainfi fon maladroit Adverfaire à fe
perdre, pour le deranger, ou à refter
en prife; ce qui l'empêche de faire des
points; étlrft. Il fuit de-là, que la partie
des 5 blouses fauvées eft prefqu'égale à la
partie ordinaire, ou les 6 blouses font
communes aux deux Joueurs, et que l'avantage que recevait le Tailleur était exorbi-
tant. Le gros Laquais enchanté d'avoir
une bonne partie, joua dabord affés bien:
Mais le Tailleur fecrettement confeillé,
joua prudemment, fe blousa fouvent à
fa blouse, pour donner de mauvais-coups,
profita des bons-avis que lui donnait le Tripot, des fautes fuggerées au gros Laquais,
et de l'inexperience de Celui-ci à fau-

ver 5 blouses. Cependant les Joueurs
vinrent 14 à 14, ét le gros Laquais perdit par un coup mal-jugé. Quel depit!
Il faut être joueur ét fot, pour f'en
former une idée !... Le Laquais doubla.
Le Tripot agiota les paris, pour y engager
des Bourgeois, qui doivent perdre feuls,
pour que le Tripot vive. Enfin le gros Laquais rendit les 20-écus au Tailleur. C'é-
taient 60 liv. qui devaient bientôt revenir
au Tripot, lequel avait en-outre le gain de
fes paris, adroitement faits: Cinq Tripo-
riers pariaient contre trois: ces Derniers fesaient beaucoup de bruit, ét met-
taient de-moitié le Bourgeois excité, qui
voulait en être, tandis que Ceux qui tenaient le pari pour le Tailleur, n'en met-
taient Perfone. Par ce moyen, le gain
du Tripot était fûr, ét tous fes Membres
partageaient en fecret.

Cette première féance, à laquelle je
donnai toute mon attention, me parut
amusante, ét je m'aperçus qu'il y avait
pour moi, une ample moiffon à faire dans
ces endroits abusifs, que mal-à-propos
on croit utiles à la Police. J'alai rendre-
compte de ma foirée à Mad. De-M****,
qui fut contente de ma fagacité.

Je ne trouvai, à mon retour, que des
choses deja vues. J'alai jufqu'à la rue S-
honoré: j'entrevis quelques Malheureu-

ses ; j'obſervai qu'il y avait encore de la
lumière dans les Academies ; mais je ne
dois les voir qu'après les Billards.

CLXXXIX NUIT.

SUITE DU BILLARD: LE PRÊTE-NOM.

Il faut que l'Explorateur ſe conſacre à
l'ennui, même à une ſorte d'opprobre,
pour être utile.   C'eſt ce que j'ai fait :
Petites maîtreſſes delicates, et vous Gran-
des-dames, que votre ſublimité tient trop
éloighées des amuſemens de vos Valets,
vous pouvez lire ces NUITS, ſans vous
compromettre ; la Marquiſe de-M****,
jeune, belle, riche, ne dedaigna pas de
m'entendre, de me recevoir, de me
parler ſous le coſtume miſerable, que je
prenais, et que j'ai toujours conſervé :
Il eſt tel ſouvent, que Ceux que je fais travailler, que j'alimente depuis onze ans,
rougiraient de me ſaluer dans les rues,
ſi je ne les en avais pas diſpenſés.

Je retournai au Billard, non couvert
de mon manteau nocturne ordinaire,
mais d'un plus pauvre, que je porte quelquefois encore.   Je trouvai les grandes
parties liées. Le probe L'Aloiſe remuait,
ſ'agitait, ſe mettait tout-bas des paris ;
ſes Acolytes feſaient parier pour eux,
par un Pâtiſſier au Coq, vis-à-vis la Come-
die-françaiſe, gros homme fort paiſible,
fort honnête, fort ſot, et qui croyait

faire une très-belle action d'humanité, en
se prêtant aux vues de ces Miserables,
qu'il ne comprenait pas. Ce bon Patronet venait-là pour s'amuser, après son
ouvrage, ét lorsque tous ses ordres é-
taient donnés; c'était pour lui un spectacle si delicieux, que, s'il avait eu le
choix, il l'aurait preferé aux chef-d'œu-
vres que jouent ses anciens Voisins. Je
connaissais un-peu cet Homme, mais il
ne me connaissait que de vue. Je liai
conversation avec lui. La partie se fesait par le Marechal, grand braillard, mauvais joueur, qui se fâchait toujours, même
en gâgnant : mais j'entendis Quelqu'un
dire, que cette manière fesait partie de son
jeu, parce qu'elle troublait son Partenaire :
Pour le bon Pâtissier, il ne se doutait de
rien : L'Adversaire, ou plutôt la dupe,
était un Provincial, qui, dans son pays,
était le premier pour la carambole. Il
avait vu jouer le Marechal avec Un des
Croqs de Billard : On sait de-reste,
qu'un Joueur passable est écrasé par un
Joueur superieur : La raison en est simple;
c'est qu'à un jeu d'adresse, comme le billard, le grand Joueur écarte tous les coups
favorables, ét n'en donne que de mauvais : Par cette raison, le Joueur inférieur
ne fait rien; ét au lieu d'être reellement
de-moitié ou d'un-tiers de force, il est

effectivement dix fois plus faible. Ainfi
le Marechal, qui venait de jouer une partie fimulée avec le plus fort Billardifte,
un Homme qui n'était propre qu'à jouer
avec de grands Seigneurs, pour leur
donner le plaifir de perdre, en apprenant
de beaux coups, avait paru gauche au
Provincial. La partie f'était arrangée
de-façon, que la Dupe avantageait le
Marechal de deux points, à la partie
ordinaire de la carambole en vingt.
Le Fripon de Marechal fit quelques
mauvais-coups, en commençant, & fe
defefpera. Le Joueur adverfe prit une
confiance fans bornes, qui lui procura
quelques coups heureux : Puis vint la
temerité ; c'eft la marche. Mais avant
que cette dernière fe manifeftât, les
paris f'arrangèrent. Tous les Croqs paraiffaient vouloir parier pour le Provincial : C'en fut affés pour donner la
même envie à tous les Sots: Alors j'ad-
mirai que ce fut la partie des Croqs qui
n'avait rien dit, qui propofa timidement
les paris pour le Marechal. Ils furent
acceptés. Le Provincial gâgna la partie.
Je fuivais la marche. Les Croqs, très-
inconnus à leurs Parieurs, quoique ceux-
ci frequentâffent le Billard depuis longtemps, hesitèrent à demander la revenge, & presentèrent leur argent. Mais

les Gâgnans leur firent honte de se de-
courager pour si peu. On doubla les
paris: Je m'aperçus facilement que le
Marechal était sûr de sa partie: Il jouait
de sens-froid, tout en-braillant. Il ne gâgna neanmoins que de 19 à 19. La Bourgeoisie paya, et les Croqs reçurent, sans
proposer de revenge. Mais dans le com-
mencement de la troisième partie, le Marechal se donna du dessous de 10 à 4, et il
en recevait 3: Alors les Bourgeois osèrent
reproposer: Les Croqs ne voulurent
tenir qu'en 15; c'était égalité: Point de
va. Les Croqs offrirent en 17 pour le
Marechal. Persone. Il avança de deux
points, et les paris se firent à la partie:
mais j'observai qu'ils étaient au plus bas
possible. Le Marechal perdit. On parut se piquer: On l'injuria: Il se facha,
et voulut se battre: On le retint; mais
il grogna longtemps, comme un Chien
hargneux. Les Croqs proposèrent le tout
des paris, c'est à dire de quatre parties.
La mauvaise humeur du Marechal donnait
bonne esperance aux Bourgeois; ils y furent confirmés, lorsqu'ils l'entendirent re-
fuser à son Joueur de doubler la revenge:
Ils donnèrent le tout. Le Marechal gâgna; mais par un hasard apparent. Le
tout-du-tout fut encore proposé par le
Joueur-provincial, et refusé: Les Pa-

fieurs aucontraire tinrent-bon, jufqu'à ce
que tout l'argent de ces imprudens Bourgeois fut fucceffivement paffé dans la
poche des Croqs. Ce n'eft pas que le
Marechal eût gagné toutes les parties; il
perdait de temps-en-temps: mais à ces
parties-là, les paris étaient fimples. Cet
arrangement me parut admirable en fri-
ponnerie, et je vis qu'un Politique aurait pu étudier utilement les combi-
naisons de ces Filous.

Lorfque les Parieurs furent épuisés,
ils fortirent prefque tous, et une autre
fcène commença: Ce fut que les Croqs
feignirent de parier entr'eux, pour et
contre, avec un acharnement risible.
Mais alors, les deux Acolytes, qui a-
vaient fait leur recolte, vinrent dire au
Pâtiffier, de demeurer tranquile. J'entendis même Un de ces Acolytes, dire au
Marechal: —A-present à toi-! En-effet, de ce moment, le Marechal donna
le tout à fon Jôueur tant qu'il voulut,
et joua d'une manière admirable. Le Provincial lui reprocha pour-lors qu'il avait
caché fon jeu avec Monfieur (lui montrant le Joueur habile). —Point-du-
tout! (lui dit tout le monde): mais avec
Monfieur, il était écrafé par la fupério-
rité: Vous, aucontraire, furtout à-
present que vous jouez de peur, vous lui
fourniff z tous les beaux coups qu'il fait.

Remettez à demain , poffedez - vous ,
ét vous ferez fon égal. —Mais je ne
lui rendrai plus de points ! —Non, fans-
doute-. Le Marechal parut avoir de la
peine à fe foumettre à cette decision :
Cependant il f'y conforma. Il joua enfuite deux parties de quinze-fous, pour
tenir le billard jufqu'à onze-heures ; car
L'Aloi entendait que l'interêt de fon
Maître ne fouffrit pas de ces arrangemens : Le Marechal les perdit , contre
un Joueur rufé, quoique mediocre. Cet
Homme, qui était un des Croqs, ne fefait pas miftère de fes rufes , qu'il appelait des malices, ét il reüffiffait à depiter
fon Joueur, par une fuite de mauvais-
coups à jouer, qu'il favait lui donner.
Ceci encouragea le Provincial. C'était
le but qu'on f'était propofé.

J'alai rendre-compte à la Marquife de
l'excellente doctrine-pratique des Billards. —Je crois (me repondit-elle),
que c'eft une folie bien pernicieufe , que
de tolerer cet amusement, qui ne vaut
pas la peine qu'on prend à le furveiller :
Je vois que les Billards font des foyers
de corruption pour les Valets, ét que la
vie des Maîtres, ou dumoins leur propriété eft très-expofée, quand un Laquais paffionné pour le jeu, a tout perdu.
J'ai fenti quelquefois la pique de la perte
au jeu; elle eft terrible! ét c'eft ce qui

m'en a degoûtée. —J'ai quitté de même
les échecs (repris-je.) : Je jouais avec
un Sot, une tête vide : Cet Homme
donnait toute son attention à son jeu ;
il en combinait longtemps les coups ; il
m'impatientait ; je perdais de-vue mon
plan-d'attaque, et j'étais battu : Il
m'est arrivé de passer des nuits à rêver,
malgré moi, aux coups à faire ! C'est ce
qui m'en a degoûté.

LES HAUTS TALONS.

En m'en retournant, je me trouvai
dans la rue Saintlouis : La gelée rendait
le pavé sec et propre. Je vis une Femme charmante sortir d'une grande maison : —Je marcherai (dit-elle à l'Homme qui lui donnait la main). Et le carrosse les suivit. —Comment pouvez-
vous marcher ? (lui dit l'Homme), avec
des talons aussi élevés ? —Je m'appuie,
ou je marche seule, comme il convient
à une Femme de marcher, sans pré-
cipitation. Je croirais être chaussée
en Homme, si j'avais des talons bas :
Depuis que j'ai vu, au Palais-royal,
une très-Joliepersonne, n'avoir plus
l'air que d'une Tâtillon, en se chauf-
sant presqu'à plat, j'ai pris en horreur
les talons-bas. Dailleurs, ils nous rendent lajambe desagreable. J'osai m'approcher en-ce moment : —Madame
a bienraison ! Voyez, Monsieur, quelle

grâce a cette marche noble, ét quelle ma-
jefté donnent à Madame deux ou trois
doigts de plûs-. Je crois qu'on me fit
l'honneur de me prendre pour un Voleur !
quoi qu'il en foit, l'Homme quitta le bras
de la Dame, fe mit en defenfe, ét fe rap-
procha de la voiture: La Dame marchait
feule ; ét jamais je n'ai vu tant de grâces,
de noblefle , ét d'aisance. Je continuai:
—Tout, dans les Femmes, doit avoir un
fexe, l'habillement, la coïfure, la chauffure, furtout la chauffure , qui doit être
d'autant plus foignée, que c'eft en-elle-
même, la partie la moins agreable de
l'habillement. Il eft très - important
pour les mœurs, très-important pour
les Femmes, que leur habillement tran-
che avec le nôtre ! Elles perdraient de
leurs attraits par le rapprochement :
Mais fuppofons qu'elles n'en perdiffent
pas, ét qu'elles communiquaffent aucontraire leur charme de fexe à l'habillement
des Hommes ! il en refulterait un grave
inconvenient pour les mœurs.... Ceci eft
une chose dont la Police devrait fe mê-
ler: Qu'elle permette toutes les modes,
à-la-bonne-heure, mais qu'elle ordonne,
que toute Dame, qui rapprochera fon
vêtir de celui des Hommes , foit traitée
en Catin par le Guet & les Commiffaires.
J'ai vu hièr une Femme en talons larges
ét plats; je l'aurais batue, fi je pouvais

battre une Femme: Elle était crotée comme un Barbet. C'eſt que les talons larges renvoient plûs de boue. Nos Ayeules parisiennes adoptèrent jadis les talons élevés ét pointus, par goût pour la propreté. Elles étaient plûs ſages que leurs Petitesfilles, qui, d'après des conſeils anonymes, ont baiſſé leurs talons, dans le tempsoù le pavé eſt broyé plûſque jamais, par les voitures; où les inutiles canaux que la ſotise ét la cupidité placent ſous toutes les rues, en font des marres; c'eſt en ce moment, dis-je, qu'une mode inſenſée fait baiſſer, élargir les talons des chauſſures des Femmes! Jeunes-Silfides! croyez-en votre Admirateur éclairé, vous devez éviter tout ce qui profane votre parure, en la rapprochant de l'habillement des Hommes; tout ce qui vous materialiſe, en deformant votre jambe ét votre pied!.... Ici la Dame m'interrompit: —N'êtes-vous pas le Hibou de la Marquise de-M****? —Oui, Madame. —Hé! Monſieur! (dit-elle à l'Homme), il n'eſt pas méchant-. On arriva. La Belle-dame me presenta la main, que je baisai. On rentra.

CXÇ NUIT.

SUITE DU BILLARD: LA REVENGE.

Le Pâtiſſier ét moi nous étions également curieux de voir le combat du

Marechal contre le Provincial. Le bon
Patronet éprouvait une douce émotion;
aulieu que moi, j'avais une certitude de la
friponerie; je n'étais-là que pour voir jufqu'où les Croqs porteraient l'impudence;
ét réellement l'attente était curieuse!
J'arrivai avant huit heures: Je trouvai
le Pâtiffier deja monté fur le banc; car
la Foule était fi grande, que Perfonne ne
pouvait f'affeoir. L'Aloi paraiffait fort
affairé, fort inquiet! Enfin le Provincial parut. Il avait apparemment des oc-
cupations, qui le retenaient. Dès qu'il
fut entré, je m'aperçus que L'Aloi le
prenait en particulier. Je fus curieux
de favoir ce qu'il pouvait lui dire: Je
perçai la Foule, ét je m'approchai.
—Monfieur (dit le Prevot), je fuis Hom-
me-d'honneur; hièr, vous avez fait votre
partie vous-même; je ne pouvais pas
vous donner d'avis, comme j'y fuis obligé, ne connaiffant pas votre jeu: vous
avez même fait des coups furprenans,
en commençant; mais enfuite, vous vous
êtes lâché: aujourdhui, je connais votre
jeu; ne jouez pas avec le Marechal, ou
faites-vous rendre trois points, c'eft-à-
dire, ce que vous lui rendiez hièr. Le
Provincial remercia le Prevôt. Le Marechal, qui tenait le billard, ét qui pelotait
avec Un-autre une vaine partie, fur laqu
elle Perfonne n'osait parier, parcequ'on

était sûr qu'on ne jouait rien, le Marechal n'eut pas plûtôt aperçu sa Revenge, qu'il prit un air fier-desinteressé. Le Provincial en fit autant. Cependant ces deux Hommes s'accostèrent. —Monsieur! (dit le Marechal), j'ai reflechi, que je ne puis jouer au-pair avec vous ; Personne ne parierait pour moi. —Je le crois ! (dit le Provincial), vous vous en feriez conscience, ét vous alez me rendre quatre points-. A ce mot, le Marechal jeta sa queüe, ét demanda son chapeau. —Vous devez la revenge (dit alors le Prevôt) ; car dans cette maison-ci, on doit tout ce qu'on a promis-. . Le Marechal demanda, en criant beaucoup, deux points pour perdre. —J'en veux recevoir 3 de vous- (dit le Provincial). Enfin, après de longs debats, le Marechal consentit à jouer au pair. Puis, il en offrit un. Mais L'Aloi observa, que l'ardoise ne marquait pas, ét dit imperativement au Marechal, de donner les trois points. Il falut obeïr ; car le Marechal était sur le livre rouge chés le Commissaire vis-à-vis. La partie commença : Tous les Crocs proposèrent le pari pour le Provincial ; les Bourgeois étaient tentés de tenir contre ; mais ils avaient peur. Je me rapprochai du Pâtissier, ét je lui demandai, pour qui les Acolytes tenaient? Pour le Marechal-. Je me crus alors sûr, que

le Provincial alait être entièrement de-
pouillé. La partie avançait neanmoins,
en faveur du Marechal, malgré les points
qu'il rendait. Les paris commencèrent
à s'animer : Les Bourgeois tinrent pour
le Marechal, qui gâgna la première.
A la seconde partie, les deux Acolytes
se firent payer le pari, ét demeurèrent
coîts un inftant ; ils chargèrent le Pâtiffier de parier contre. Ce revirement
m'étonna ! Le jeu continua : Les Croqs
parièrent gros pour le Provincial, qui
gâgna toutes les parties, mais fans doubler; deforte-qu'il ne retira que la moitié
de fa perte de la veille. Cependant les Croqs
gâgnèrent l'impoffible ! comme f'expri-
mait Un d'entr'eux, que par cette raison, on nommait, *L'Impoffible*: C'était
un ancien Domeftique, qui avait quitté
le fervice, pour faire fon état du jeu.
(Il fut arrêté le soir-même, ét mis à Bicêtre
pour fix mois). Je fus furpris de ce que je
voyais. Mais les Acolytes ayant mené
le Pâtiffier avec eux au cabaret, je desirai
d'en être, en payant mon écot. Mon air
bonace, l'amitié dont commençait à m'honorer le Patroner, chés lequel j'avais acheté jadis des tourtes de trois fous, me
firent regarder comme un Homme fans
confequence. Là, j'appris que la conduite
du Prevôt lui avait été prefcrite par fon

Maître-Paumier , qui, fur fon recit , craignit que le Provincial ne portât plainte : Il devait f'informer de ce qu'il était , ét fayoir fi l'on pouvait fans rifque l'abandonner à la voracité des Suppôts-de-billard , ausquels il faut de-temps-en-temps des Dupes , pour les alimenter. J'appris enfuite , que les Croqs , fur leur gain, rendaient au Marechal fa perte de la foirée , quoiqu'elle ne fût qu'une diminution du gain de la veille, ét que M. le Marechal eût perdu à fon efcient.

Après avoir aquis toutes ces lumières, j'alai en faire part à la Marquise, qui n'était pas guidée par une vaine curiosité : Elle fe propofait d'inftruire Un de fes Parens, homme-en-place, pour l'engager à remedier aux abus.

A mon retour, je trouvai L'Impoffible entre les mains de la Garde : Il venait d'efcamoter dans un Academie au fauxbourg Saintjacques, ét on l'avait furpris. Il fut mis au Châtelet, pour paffer à la première police , du vendredi, le même jour que les Filles-perdues.

CXCI NUIT
SUITE: LE COUP-DE-GRACE.

Je ne manquai pas de me trouver le foir au Billard. On voyait un air d'hilarité repandu fur le visage des Membres du

Tripot : le Pâtiſſier lui-même la parta-
geait aveuglément.   On avait eu-peur
que le Provincial ne fût Un de ces Eſpions, que la Police envoie quelquefois,
pour faire un coup-de-filet de Croqs,
ét les confiner au ſeminaire : Car cette
denomination, dont ſe ſervent les Vau-
riens, eſt vraie, à plûs d'un égard ; ils
reviennent de la Force penetrés de l'eſprit de leur état, ét cent-fois pis qu'auparavant ; mais ils ſont plûs circonſpects.
On ſ'était informé du Provincial ; on avait
été à ſa dèmeure ; on avait ſu, que ce Jeunehomme était un imprudent, qui, arrivé de
chés ſon Père, avec une ſomme pour des
emplettes, l'avait écornée en route, par
le jeu aux cartes, ſe regardant comme
ſûr de reparer ſa perte au Billard, lorſqu'il ſerait à Paris. On ſut en-outre, que
la dernière ſeance avait un-peu diminué
la haute opinion qu'il avait de lui-même,
ét qu'il balançait ſ'il jouerait encore.
Cependant la moitie de ſa perte lui tenait
fort au cœur !   Il devait tenter la fortune, bien reſolu de ne perdre qu'une
partie, ſi elle ne lui était pas favorable.
Un Garſon-menuiſier, joueur de profeſſion, ét pourtant aſſés honnête-homme,
lui avait donné quelques conſeils. Je lui
en aurais bien donné auſſi ; mais je voulais qu'il ſ'inſtruiſit un-peu à ſes depens.

Je ne fais fi je fis bien de le laiffer duper?

Il arriva enfin. Le Marechal dormait auprès du poèle, ét quand on l'eut éveillé, il repondit, qu'il était accablé, qu'il priait qu'on lui laiffât un-peu de repos. On le laiffa donc, ét on mit en avant, pour faire la partie du Provincial, un Jeune-nigaud, fils d'un Parfumeur, qui fesait alors fes premières armes, ét qui pouvait perdre une douzaine de francs au-plûs. Le Provincial joua, parcequ'on lui ceda le billard, dont les Croqs avaient eu foin de fe rendre les maîtres, avant fon arrivée. Comme le petit Parfumeur n'était qu'un novice, il donna les plûs beaux coups à faire à fon Joueur, dont le jeu fut brillant. Il fe mit en train, ét la joie éclatait fur fon visage. Il gagna de-fuite quatre parties à un écu. Le Petit-par-fumeur fe depitait, de perdre en un inf-tant ce que fa chère Mère lui avait donné en quatre femaines. Il voulut emprunter, mais envain.

Cependant le Marechal f'était éveillé: Il était parmi la Galerie; il avait même parié pour le Provincial. Il fe prefenta, voulut rabatre des conditions de la veille, ét n'obtint rien. On joua donc à trois points rendus au Provincial: C'eft-à-dire que Celui-ci n'avait que 17 à faire, contre le Marechal 20. Le Provincial

ne voulut pas même céder la primauté ;
on la tira ; mais elle lui vint. Ce fut
alors, que n'ayant plus rien à craindre,
ét soutenu par le Tripot, qui craignait
que le Provincial ne convertît son argent en emplettes, le Marechal deploya
tout son jeu. Son extrême hardiesse lui
fit faire quelques fautes ; mais elles tour-
nèrent en sa faveur, en rassurant le Provincial, qui ne gagna pas la première, ni
la seconde, ni la troisième : Les paris
des Croqs se soutenaient cependant : Ils
pariaient entr'eux très-bruyanment pour
lui ; tandis qu'ils fesaient contre, de petits
paris avec la Bourgeoisie : On sent que
ce n'étaient pas les mêmes : Mais comme tout était commun, qu'ils se rendaient
en secret l'argent publiquement perdu,
ils fesaient un petit gain sûr, ét ils avaient
en-outre part convenable dans le gros
gain du Marechal. Je voyais tout-cela,
avec une admiration d'horreur. Les
Croqs perdans (en apparence), s'encou-
rageaient tout-haut, en demandant toujours le tout ; ils simulaient même des
emprunts : Suivant eux, les probabili-
tés pour le gain, augmentaient, à-mesure
que le Joueur perdait plus de parties ; il
falait bien qu'il en gagnât une, ét alors
tout était reparé. Le Joueur les écou-
tait, ét se laissant guider par eux, jouait
le tout, ét le tout-du-tout, avec une har-

dieffe de desefpoir. Une partie pericli-
ta: Les Joueurs vinrent de 19 à 19:
Tout le Tripot tremblait; car le Provincial aurait quitté le Billard avec tout
fon argent regagné: dailleurs, onze
heures allaient fonner. Je m'aperçus
que l'Un d'eux tira le billard, et par
une petite fecouffe, fit venir jufqu'à la
bloufe du Marechal, une bille jouée de
mefure. Perfonne ne f'en aperçut que
le Tripot: Auffi remarquai-je un fourire diabolique, qui fe traça fur toutes
ces odieufes figures. Le Provincial fut
defefperé! fes Parieurs paraiffaient fe
manger! Les pretendus Gâgnans aucontraire, f'écriaient, qu'ils venaient
d'avaler des Couleuvres: (ce font les
expreffions d'ufage). —Encore une!
encore une! (f'écria le côté du Provincial). Mais il ne lui reftait pas un écu.
Un Croq repondit du tout: Le Provincial l'embraffa. Il joua d'une attention admirable. Il fe prefenta un coup
douteux. On le jugea: Je fuivis le
Prevôt adroitement; il decida contre la
pluralité, qu'avait le coup du Provincial.
Je bouillais! —Doucement, Prevôt! vous
jugez-mal! —Je ne dois compte des
voix à perfonne! —Doucement, Prevôt!
(repetai-je, bien fûr de l'effet qu'alait produire ma fermeté). Il ne repliqua pas.

Il baissa la vue, ét demanda le coup tout-
haut. Il fut jugé bon. C'était la quatrième partie, qu'un coup mal-jugé alait
faire perdre au Provincial, dans cette
soirée. On continua. Jamais je n'ai vu
tant d'efforts, qu'en fit le Marechal, pour
gâgner; son jeu était si parfaitement rai-
sonné, qu'il en était sublime. Mais il
était éclairé par le Tripot; qui aucontraire, soufflait mal le Provincial, quoique le Marechal s'en plaîgnît avec grand
bruit. Je dis tout-haut au Prevôt: —L'A-
loi, la partie n'est pas bonne! on dit les
coups, bien à l'Un, mal à l'Autre. —Silence, Messieurs! (cria le Prevôt): Le
Premier qui parle, paiera la partie-! On
ne dit mot, et le Marechal fut si exact, qu'
il gâgna de deux points; són Joueur n'a-
la qu'à 18. Je sortis aussitôt. Le Provincial desesperé, se frappait le front. Je
l'attendis: —Quoi! vous venez im-
prudenment dans un coupegorge! Quoi!
vous jouez avec des Croqs, contre tout
un Tripot, ligué contre vous! —Je croyais Paris policé. —Il l'est vraiment!
Mais croyez-vous que le Magistrat de la
Police puisse avoir les ieux ouverts sur
tous les Etourdis qui veulent se livrer à
leur imprudence! Vous meritez la leçon
que vous avez reçue: J'ai tout vu, tout
observé-... (Ici, je lui revelai ce que

je favais)... Il voulait aler chés le Commiffaire, ét fe plaindre. —Alez (lui
dis-je); je ferai votre témoin; mais je
fuis unique. —Hà! fi j'avais fu, j'aurais
amené... —Des Gens qui n'auraient rien
vu. C'eft encore un Homme ou deux
comme moi, qu'il vous aurait falu!.... Vous
perdez mille-écus; mais ce n'eft pas toute
votre fortune; que cette perte vous ren-
de fage, attentif; qu'elle vous preserve
de toute efpèce de jeu, fi ce n'eft pour
vous amuser avec vos Amis; encore je
vous conseille de faire comme moi, de
ne jamais jouer: Je me fuis fenti paffionné pour les cartes; j'ai peu perdu,
parceque j'avais peu; mais ce peu m'a
fait fonder le fond de mon cœur, ét j'y
ai trouvé tous les écarts, tous les vices,
toutes les fureurs, toutes les friponeries
des Joueurs. Effrayé, je me fuis bien
gardé d'éveiller ces Serpens! Je les ai tous
étouffés!.. Si vous jouez encore trois
jours, vous deviendrez efcroq-. Il f'en
ala. Je m'aperçus alors que j'étais fuivi,
par Un des Membres du Tripot. Je continuai mon chemin, pour me rendre chés
la Marquise.

Sur le Pont-henri, je trouvai Ro-
sette, le modèle. Je lui parlai; nous
rimes enfemble : Ce qui fit croire au Billardifte,

lardier, que j'étais un de fes Pareils. Il
voulut joindre cette Fille, qu'il connaiffait
apparemment, ét il f'avança, lorfque je
la quittai: Mais elle lui ferma la porte
fur le visage. Il continua de me fuivre,
ét il me vit entrer chés la Marquise. Je
me retournai, dès qu'on m'eut ouvert:
Il paffa devant moi, ét je lui dis, —Monfieur du Billard, j'ai fuivi depuis quelques jours toutes vos efcroqueries;
Prenez-garde! Entendez-vous! Pre-
nez-garde-! Et je fermai la porte.

Je rendis-compte à Mad. De-M****
de tout ce que je venais de voir. Elle
fut affligée du fort du Provincial, ét me
pria de veiller à ce qui lui arriverait, Elle
m'engagea auffi à rediger mes obfervations; parcequ'elle voulait-en faire composer un memoire, pour l'Homme-en-
place, fon parent.

A mon retour, je ne fis aucune rencontre. Je remarquai feulement, qu'il y
avait encore de la lumière à l Academie
crapuleuse, qui fait le coin de la rue de-la-
Bucherie, ét de celle des Grandsdegrés.

CXCII NUIT
SUITE: LE MENUISIER.

Je ne pouvais plûs aler au Billard de la
rue Saintandré, fans m'exposer: Les
Croqs font des Gens de fac-ét-de-corde,
ét fans fe compromettre, ils pouvaient

me faire chercher querelle. Je fus par le
Pâtiffier, qu'il y avait eu un grand trouble
à mon fujet! qu'on avait agité, fi l'on ren-
drait l'argent, ou dumoins une partie ;
que ce dernier avis avait prevalu, ét que
la frayeur de L'Aloi l'avait engagé a faire
reporter 1 500 livres, reftitution dont il
f'était fait feul honneur, quoiqu'elle eût
été volontaire : Je fus enfuite, que le
Provincial avait employé fur-le-champ
cette fomme, obtenu credit pour le refte, ét qu'il était reparti, en fe procurant,
pour fon Père, un certificat, qu'il avait
été volé. J'aurais preferé, qu'il eût tout-
bonnement avoué la verité à l'Auteur-de-
fes-jours : Mais f'il eft corrigé du jeu,
c'eft avoir affés gâgné.

J'ai dit un mot d'un Garfon-menuisier,
joüeur prefqu'honnête. Il alait toujours
au Billard du-Verdelet, près la rue Plâ-
trièré : Cet endroit eft un-peu plûs honnête, ét Montigni, le Prevôt, n'était pas
un rufé petit Coquin, cómme M. L'A-
loi. Je fus affés content à-l'abord, de la
manière dont les chofes fe paffaient dans
cette maifon. Elle était double ; c'eft-
à-dire, qu'au premier, audeffus du Billard, était une Académie-de-cartes. Mais
je n'y montai pas encore ; je voulais fuivre le Billard, fans interruption.

Le hafard me plaça auprès du Garfon-

T

menuisier. Il pariait en ce moment: Il
me parut seul, sans complot, ét agissant
de franc-jeu. Nous causames : —Voila
deux Joueurs honnêtes (me dit-il) ; ce
font deux Bourgeois de la rue Montorgueil: Je m'y fie: Mais ces diables de
Maîtres d'hôtel-garni de la rue du-Bou-
loir, mettent toujours du micmac dans
les leurs, ét jamais on n'eft sûr de rien—.
Il se tut, ét fut tout à sa partie. —Voila
une lourde faute ! (se disait-il à lui-
même). —Un mauvais-coup ! ét l'on
n'en dit rien !... Il a la bétise de ne pas le
faire demander-!.... La partie finit, ét
le Garson-menuisier gagna son pari. Quelqu'un lui, proposa de jouer. Il fit ses
conditions avec beaucoup de prudence,
ét joua. Je n'ai jamais vu autant de
sang-froid ét d'impassibilité. Rien ne le
troublait. Tous ses coups étaient pensés
avec combinaison ét reflexion : Sa partie était un tout, dont le premier coup
repondait au dernier, comme à une partie de dames ou d'échecs. Il ne posait
jamais une bille sans motif; il l'amenait
affés ordinairement où il voulait ; il re-
parait admirablement ses fautes. C'é-
tait la veritable science-du-jeu. Il
gagna contre un fort bon Joueur. Quelques Connaisseurs l'admiraient; moi j'é-
tais enchanté. J'aurais cependant mieux
aimé qu'il eût tenu le rabot. Son Joueur

était un Maître d'hôtel-garni, fort mauf-
fade. Je m'informai alors à un Voisin
babillard, de ce qu'était le Joueur tranquile. Il me l'apprit, ét il ajouta : —Il
f'eft fait, du jeu, douzecents livres de
rentes, par le fang-froid que vous lui
voyez : car c'eft le fang-froid qui l'a
rendu bon joueur. Il ne fait pas des
coups brillans; mais il poffède le fond-
du-jeu; ce qui lui fait toujours gâgner
trois parties fur cinq; c'eft fon calcul.
Jamais cet Homme ne vient au jeu qu'a-
vec douze francs. Il fe retire, f'il les
perd. Mais le cas eft infiniment rare.
Ce n'eft cependant pas avec la queûe
qu'il a le plûs gâgné, ni avec la maffe,
quoiqu'il joue de maffe ét de queûe; mais
c'eft par les paris. Il a un taĉt admirable, pour fentir fi un Joueur doit gâgner
telle partie. Ce font fes difpofitions qu'il
étudie, d'après la perte ou le gain de la
partie precedente : dès les premiers
coups, il voit, fi le depit le deroute, ou fi
la confiance aveugle va le perdre, ou f'il
f'affermit : Il voit également les difpofitions de l'Adverfaire; ét d'après cela,
il propofe modeftement fon pari. Ceux
qui ne le connaiffent pas, acceptent toujours, ét même Ceux qui le connaiffant,
ét qui n'ayant pas fes lumières, veulent
tâcher de le vaincre : de-forte qu'il a
toujours à quî parler : Dailleurs, il eft

honnête; on n'a jamais avec lui de criaille-
ries ni de difputes. Voyez pendant qu'il
joue : Point de paris ! on n'ose parier
contre lui. Son Joueur feul a cette har-
diefle, ét il ne lui tient que fix francs,
ét fix francs de la partie, c'eft douze.
S'il gâgne, il mettra fes douze francs de
gain en fûreté, ét jouera enfuite ou pa-
riera tout le refte : mais il faut qu'il f'en-
aîlle avec fa journée, qui eft de 12 francs
contre 12 francs. S'il gâgne plûs, tant-
mieux : mais il ne reviendra toujours
demain qu'avec 12 francs. On fait cela
en gros : mais cet Homme eft fi doux;
il donne quelquefois de fi belles reven-
ges aux Perdans, qu'il trouve toujours
des Joueurs. Ce font ordinairement de
bons Marchands, qui veulent f'amufer,
ét jouer avec un Homme poli : ces gros
Marchands fe bornent à perdre chacun
fix ou douze francs ; ét le Menuisier,
par fon nroral , attire à lui tout ce pro-
fit-là. Il f'eft marié depuis deux ans, à
une Jeunefille de pauvre Maître de fon
état, mais très-jolie, ét il travaille à-
prefent à lui faire douzecents livres de
rentes, comme à lui : Pour cet effet, il
rabote le matin, à fa boutique, des inftru-
mens-de-billard; le foir, le jeu l'occupe: il
met en poche tous les jours la part de fa

Femme, fans y toucher; étpuis il joue, ou parie pour fon compte. Je le connais beaucoup! étje fais tous fes petits arrangemens; non qu'il me les dife, mais il en parle quelquefois à une Femme, qui me les redit, comme moi je vous les raconte. Hô! c'eft un Honnête-homme! —Oui! (repondis-je), mais je prefererais qu'il eût gâgné fes douzecents livres de rentes avec le rabot. Je parlais à un Sourd, qui ne me comprit pas. Je ne vis point de Tripot. Il y en avait un cependant; mais il fe cachait du Prevôt. Il me falut l'étudier avant de le connaître.

J'alai chés мad. De-M**** à onze heures. Nous parlames de ce que j'avais vu; ét je lui racontai ce que je favais du Provincial.

LE MODÈLE-MALE.

A mon retour, je rencontrai fur le Pont-henri, un beau grand Garfon, qui marchait rapidement. Je le fixai: —Jeunehomme! (lui dis-je), vous vous retirez bien-tard. Venez-vous de jouer? Prenez garde d'être dupe? —Mondieunon! (me repondit-il): Je viens de fervir de modèle. Tombé au milieu de Paris, fans reffource, avec une Femme ét deux Enfans, mon bonheur me fit rencontrer un Maître-Peintre, dans une auberge: Nous nous parlames; je lui demandai à

broyer des couleurs; il me regarda, ét
voyant comme je fuis fait, il me proposa
de fervir de modèle à une Societé de
Jeunes-élèves. Chacun me retient à
fon tour, ét je ne les quitte, que lorfque tous ont étudié fur moi la partie
qu'ils veulent deffiner. Je gâgne par ce
moyen, 12 fous par heure, entre cent
fous ét fix-francs par-jour-.

ÇXÇIII NUIT.

Suite. LES GARSONS-PERRUQUIERS.

J'avais fuivi le Billard du-Verdelet, fans
être bien-éclairci, au fujet du Tripot.
Je me proposai d'y revenir. Mais pendant cet intervale, le jour-de-l'an arriva, ét j'eus occasion de faire une obfer-
vation nouvelle, dans le Billard de la
rue de l'Arbre-fec, vis-à-vis la place
des Fiacres.

Je fus furpris de n'y voir, pour Acteurs, que des Garfons-perruquiers, qui
avaient reçu leurs étrennes. Cette éf-
pèce d'Ouvriers gâgnent très-peu; de-
forte-que lorfqu'ils fe trouvent 36 livres, 2 louis, 60 francs d'étrennes, ils fe
croient poffeffeurs d'un fond inepuifa-
ble. J'ignore f'ils venaient jouer dans
l'intention de doubler leurs fonds, ou
f'ils avaient fimplement le projet de f'a-
mufer, ét de jouir des plaifirs de la vie,

ou bien, fi c'était feulement un effet de l'i-
nutilité; car tous-ceux qui ont devoré des
fujets-de-mecontentement de la part des
Maîtres ou de leurs Femmes acariâtres,
ne fe gênent plus après les étrennes,
ét fortent en foule : A-la-vérité, il
exifte, dans cette profeffion , une règle
excellente, qui devrait f'établir dans
toutes les autres; c'eft que les Syndics
de la Communauté ont droit de faire arrêter les Garfons vaquans ét non placés.
C'eft un excellent moyen de prevenir
le defordre de l'oifiveté ! Je crois que
la même règle exifte pour les Garfons-
Boulangers, les Marechaux ét les Tailleurs. Dès que les Perruquiers furent
entrés , tout le Tripot fe frota les mains,
ét l'on f'arrangea, tant pour le jeu , que
pour les paris. Mais les Perruquiers,
qui voient tout le monde, font rusés !
Ils prirent un parti qui deconcerta le
Tripot, ils jouèrent entr'eux , parièrent
entr'eux , ét fe depouillèrent , fans profit
pour les Croqs, qui regardaient la bouche
beante. Cependant , deux ou trois des
Plûs-rusés ayant mis les Autres à fec,
glorieux de leur victoire , fe croyant des
heros, ils osèrent joûter contre les Tripotiers. Ce fut alors que l'efperance revint avec tous fes charmes dans l'âme des
Croqs, qui procedèrent avec une dex-

térité admirable, tant par les paris que
par le jeu. Ils ne s'embarrassèrent pas
trop de menager des Joueurs, dont ils
voyaient le fond de la bourse, ét avec
lesquels ils n'avaient à craindre aucune
reclamation devant le Commissaire : On
les gagna d'emblée, ét sans les marchan-
der. Ils disputèrent; on était prêt à se
battre : Mais les Perruquiers *mirent
les pouces ;* ils savaient trop, que si
la Garde survenait , ils iraient en
prison, uniquement pour être sans
place. Ils sortirent donc, sans avoir de
quoi souper. Ceux qui avaient dabord
perdu avec leurs Confrères, se moquaient
de Ceux qui venaient d'être si parfaitement *rasés :* J'en fis autant, lorsque
j'entendis la marche du Guet-à-cheval :
—Miserables! (dis-je aux Perruquiers),
que vous meritez bien ce qui vous arrive! Vous venez d'être dupés; je l'ai
vu; mais j'en ai été ravi. Aulieu de
profiter de vos étrennes, vous dont le
gain est si mediocre, ét de les employer
à vous donner ce qui vous manque,
vous venez ici, en faire le profit de vils
Escroqs, de Faineans, d'Espions ét de
Souteneurs ! Alez , alez vous repentir !
Ét fortez vîte! j'entens la Garde-à-cheval;
fortez, ou je vous fais tous arrêter—!

C v

Tandis que j'avais parlé, les Tripotiers frémiſſaient, ét je les voyais prets à me devorer : mais les piéds des chevaux du Guet, qu'ils entendaient à la porte, étaient pour moi un taliſman de defenſe : J'ouïs ſeulement un des Tripotiers, qui disait aux Autres : —Il a deja fait des ſiennes au Billard de la rue Saintandré-! Je ſortis, ét tout ce monde trembla. Mais qu'aurais-je dit à la Garde? Les Chevaux m'auraient auſſi bien entendu que les Hommes. Je me contentai de la ſûreté que me donnait la presence du Guet, ét j'alai chés la Marquise.

Je racontai ce que je venais de voir ét de faire. —D'où vient (me dit elle), n'adopte-t-on pas, pour toutes les autres profeſſions, le même regime que pour les Garſons-Perruquiers? —Je le dis un jour à un Compagnon-imprimeur, qui raisonnait beaucoup. Il me repondit, Qu'on n'était-pas des eſclaves; qu'on était maître de travailler ou non. Je repliquai : —Vous avez tort! dans la Société, l'on eſt obligé à la ſervir, n'importe comment; ét ſi l'on tolère le Rentier inutile, c'eſt qu'il ne l'eſt pas tout-à-fait : outre qu'il a payé à l'Etat le droit de ſe reposer, il n'eſt pas vrai qu'il ne faſſe rien du-tout; il ſ'occupe; il fait ſouvent des recherches utiles, pour

lesquelles il faut de l'aisance : Mais
l'Ouvrier pauvre, qui prétend avoir le
droit de chômer ; qui prétend, comme
vous, qu'il répondra, :: Moi! je n'ai
pas besoin de travailler... peut, j'en
conviens, faire cette réponse à son Voisin, qui n'a aucune autorité : mais au
Magistrat, je l'en défie ! Car Celui-ci
aurait le droit juste et réel de le traiter
sur-le-champ comme un Vagabond, à-
charge à la Société. Cette opinion serait
même la plus-favorable : Tout Membre
de la Société, doit compte de ses moy-
ens-de-subsistance ; et pour qu'ils soient
légitimes, il faut qu'elle les approuve.
Les anciens Égiptiens avaient une loi, qui
obligeait chaque Citoyen à rendre-compte annuellement de ses moyens-de-sub-
sistance. Vous me direz, que les Égiptiens étaient sous le despotisme : Mais les
Athéniens, qui avaient la même loi, étaient
un peuple libre : Et chacun de ces Démo-
crates devait une déclaration de sa manière de contribuer à l'utilité publique :
Vous êtes associé avec nous (disait-on à
tout Homme) : Que mettez-vous dans la
Société, par vos richesses, ou par votre
travail ?... On obligeait les Fainéans au
travail, sous peine d'être exclus de la
Société ; on les jugeait même après leur
mort, en Égipte, et on les privait de la

fepulture; auffi l'activité, dans ce Pays,
aujourdhui fejour de l'indolence, l'activité laborieuse était encore admirable, du
temps d'Adrien, comme l'écrit cet Empe-
reur–! Le Compagnon fut très-étonné! il
ne fut que me repondre: Il me dit des injures. —Vous avez tort (repris-je)!
Je me foumets à l'inquifition raisonnable ét philosofique dont je parle, ét
je vais vous rendre-compte à vous-même
de més moyens-de-fubfiftance. —Je
fais que vous travaillez! (f'écria-t-il),
ét même trop! C'eft ce qui vous rend
dur envers les Autres. —Il eft vrai que
je n'eus jamais de fauffe-compaffion. Je
hais les Faineans, comme les Voleurs;
je hais les Joueurs, les Ivrognes: Je
travaille des mains une partie-du-jour,
comme vous, ét j'en fais autant que
vous: Je travaille même la nuit: mon
activité eft mon plaisir: Je ne demande
à Perfonne le prix de ce que je fais; vous
favez que fouvent je travaille pour d'Autres, quoique pauvre moi même: Je
n'exige pas cela de vous; j'en fuis bien-
éloigné! cela ferait peutetre mal à
vous: mais vous êtes obligé au travail,
pour payer vos befoins par fon produit;
ét fi vous y manquez, vous êtes le fleau
de l'Affociation publique, ét puniffable
par elle: Ce n'eft même que fous ce

point-de-vue, que les loix contre la mendicité font juftes. —Cela eft folide, (me dit la Marquife), ét vous avez fu le convaincre? —Non; car lui ét fes Pareils continuent à ne travailler que trois jours de la femaine, à f'enivrer, à ne payer ni Boulanger, ni Marchand-devin, ni Boucher, ni Tailleur, ni Chapelier, que le moins qu'ils peuvent : Ils emportent même une fomme à un Miserable Aubergifte à 4 fous, qui leur a fourni la nourriture ét fa peine-.

En-m'en-revenant, j'eus la fatiffaction de voir une recherche des Garfons-perruquiers : On les alait prendre dans leurs reduits-garnis, ét on les conduifit au Petitchâtelet, au Fortlevêque ét ailleurs, fuivant la proximité : ces operations nocturnes de la Police, fi terribles dans d'autres circonftances, n'étaient ici que juftes ét risibles.

CXCIV NUIT.

EPISODE: LE BILLARD-DES-GUEUX.

Je fortis avant fept heures: Dans la rue Sainfeverin, je vis un Efcogrife, autrefois mauvais Ouvrier, alors Brocanteur de livres, qui fuivait une Femme habillée de blanc, qu'il couvrait de boue, fans qu'elle f'en aperçût, à-caufe de fa calèche : Cette conduite me parut bien extraordinaire! Je l'obfervai, jufqu'à la demeure de la Dame, ét de-là chés un Libraire, où il acheta des Livres, qu'il mit dans fon fac. Il m'avait remarqué, fans-doute, car il parla de moi : mais je n'entendis pas ce qu'il disait. Lorfqu'il _fut forti, je le fuivis encore, ét enfin, je l'abordai fur le Pont Saintmichel : —Pourquoi (lui dis-je), avez-vous jeté de la boue à cette Dame, qui vous precedait? — C'eft faux ! —C'eft la verité! je vous ai vu... Ecoutez, vous mé connaiffez; fi je vous donne ma parole de garder le filence, je le garderai-? Il hesita : Enfin il me dit : —Hé-bien, oui, je l'ai fait: mais votre parole? —Je vous la donne de ne point vous nommer; de ne point vous expofer. —Je vous dirai donc, qu'indigné de voir que des Gens-d'honneur euffent marié leur Fille, au Fils d'un Banqueroutier frauduleux, qui a tout fait perdre à fes Creanciers, j'ai voulu montrer à la Jeunedame, qu'elle f'était couverte de boue par une alliance pareille--. J'écoutais cet Homme avec furprife! Je fus moi-même embarraffé, pour lui repondre; ét je ne dis mot. Ce n'eft pas que je n'euffe à lui dire, que ce n'était pas à lui de donner une pareille leçon; mais je preferai dé me taire. Voyant que je gardais le filence, il ajou-

ta: —J'ai pourtant un reproche à me
faire: mais il ne la concerne pas: C'eſt
vous. —Si c'eſt moi, je vous le pardonne-.
Je le quittai. Mais un inſtant
après, je fus curieux de ſavoir quel
était ce tort? Je ne pus joindre mon
Homme, qu'à l'entrée du Billard-des-
Gueux... On nomme ainſi le Billard qui
occupe la maiſon de Ricci, ſur le quai-
de-la-Ferraille. Je m'abſtins de parler à
l'Eſcogrife, voulant voir, ſ'il était dupe,
ou du Tripot. J'entrai; je me tins à-l'é-
cart afin de n'être pas vu, ét je m'aſſujetis
à reſpirer l'air impur, infect, corrompu
par les groſſières exhalaiſons d'une foule
de Miſcrables, qui ſe privaient de nour•
riture ét d'habillement, pour conſacrer
le gain de quelques commiſſions à des
paris inſidieux, dont neanmoins ils étaient
la dupe. Ce Billard ne reſſemblait pas
aux Autres: Il n'y avait pas de Bourgeois; c'était le rendevous de tous les
Bas-eſcroqs, de tous les Commiſſion-
naires-de-portes, qui venaient ſ'y de-
pouiller les uns les autres. Les grands
Eſcroqs y jouaient cependant quelquefois
entr'eux, pour ſ'arracher une partie de
ce qu'ils avaient pillé, ou par ſuite de
quelque defi ſur leur habileté recipro-
que. C'était l'image de l'enfer: Aucune
des vilaines paſſions n'y était contrainte,

ét l'on y voyait la Nature-humaine dans
toute fa difformité... Les juremens, les
obfcenités groffières, les renimens, tout
ce que notre langue peut fournir de mots
execrables, était employé par ces Êtres
vils ét crapuleux. Mon grand Vaurien
me parut membre d'un Tripot : Car ici,
les Tripots fe divisaient, pour f'attaquer
les uns les autres, ét tâcher de fe duper.
Je fouffrais horriblement de me trouver
dans cet abominable endroit. Une partie, entre deux Efcroqs fuperieurs, finit
au grand billard ; car il y en avait deux
dans cette maison. Je vis auffitôt mon
Efcogrife f'armer d'une queûe, ét proposer
fa partie. Un Homme de fon efpèce,
mais d'un Tripot différent, lui fit paroli.
Les deux Champions fe mefurèrent des
ieux, ét laiffèrent dedaigneusement leurs
Croupiers difputer fur l'arrangement de
la partie. On donnait trois points à l'Efcogrife, qui montra la plùs grande modef-
tie ; tandis que l'Autre fe recriait fur l'excès d'honneur qu'on lui fesait ! car c'eft
la grande politique des Croqs, de paffer
pour faibles joueurs. Les Partisans de
l'Efcogrife refusèrent les 3 points, comme infuffisans. Le Parti opposé offrit de
n'avoir que les carambolages ; de laiffer
par conféquent les 6 blouses ; avec la re-
ftriction, qu'on profiterait feulement des

pertes : On demanda, pour tous ces avantages, 13 points, fur les 26 de la partie.
Cet arrangement baroque fut accepté.
La falle retentit des cris d'une Foule de
Parieurs. L'Efcogrife gâgna la premièle.
Il perdit la feconde. La troisième fut à
lui; la quatrième à fon Joueur. Les Tripots voulaient tout perdre ou tout gagner,
afin que les Vaincus deguerpîffent, ét
alâffent recolter dans d'autres Billards:
il fut donc resolu, que la cinquième partie emporterait le tout-du-tout. On tira
de-nouveau la primauté ; les Joueurs firent des prodiges. Mais enfin l'Efcogrife eut un mauvais-coup, qui lui fit perdre
la partie. Il f'executa, en jurant ét fa-
crant; fes Tripotiers voulaient le battre.
Il fe fit rendre fon fac de livres, ét f'é-
chappa. J'ai fu depuis, que le Tripot
opposé lui avait rendu fa perte, ét qu'il
avait trahi fon propre Tripot : crime ir-
remiffible, f'il eft decouvert! ét il ne
pourra manquer de l'être, dès qu'il fe
trouvera un Mecontent.

J'obfervai enfuire le petit Billard. Il
était entouré de petits Miserables, qui fe
preparaient à l'efcroquerie. Ce petit
Billard n'avait que la moitié des lumières
de l'autre, ét il ne payait que 3 fous aux
lumières, aulieu de cinq. Ses Joueurs
rifquaient fix ou douze fous : C'était eu

petit, les mêmes Tripots qu'on remar-
quait à l'autre Billard en grand. Il se
trouvait, parmi ces petits Gueux, des
Drôles qui étaient d'une adresse surpre-
nante, et qui annonçaient de grands Joueurs futurs. Quelques-uns d'eux fesaient
de-temps-en-temps des excursions dans
les autres Billards, où leur jeunesse leur
donnait des dupes de la Bourgeoisie :
Mais le Tripot de ces Billards levait un
petit droit sur ses Elèves; c'était le droit
de défense et de protection. Souvent,
lorsqu'ils avaient gagné quelque-chose
dans un Billard, Un des Tripotiers les
obligeait à jouer contre lui, et les dé-
pouillait. J'examinai tout, avec une
sorte de pitié pour ces petits Malheureux, ausquels on souffre que des Infa-
mes, qui se qualifient de Maîtres-Paul-
miers-Raqueriers, tendent un piège, qui
les perd à-jamais. On devrait interdire
aux Maîtres-Paulmiers, tout autre jeu
que celui de la paume, et défendre sous
les peines les plus rigoureuses, et les
Billards-publics, et les academies de
cartes; ou tout au moins, il faudrait régler
les Billards, en écarter les Enfans, et se-
vir contre Ceux qui se rassemblent au Billard des Gueux. Je sortis affligé, indigné.
Je fis part à la Marquise de mes réflexions: Elle se proposa d'en parler à

fon Parent en-place. Mais fes representations n'ont rien produit.

LA FEMME-MODÈLE.

A mon retour, je me trouvai fur le
Pont-henri à 3 heures-ét-demie. Je
vis une grande belle Femme, que foute-
nait un Homme, qui paraiffait d'une condition honnête. Je les abordai poliment,
ét je leur dis, que je presumais qu'une affaire desagreable les tenait dehors à pareille heure: Je leur offris mon fervice: —Nous vous remercions (me dit
l'Homme avec une gravité noble): Monfieur! (ajouta-t-il) je fuis furpiis, que
vous nous interrogiez? —Je le fais toujours, Monfieur, quand je rencontre
Quelqu'un dans les rues à ces heures-ci:
Car je m'y trouve toutes les nuis, ét j'ai
quelquefois eu le bonheur d'être utile.
—Toutes les nuits!... Hé! qu'y faites-
vous? —Je m'occupe à decouvrir ce qui
fe paffe; je le dis à Quelqu'un, du Marais,
où j'ai une maison amie, dans laquelle on
me reçoit, ét l'on remedie au mal. —Hà!
Et vous marchez toutes les nuits? —Oui,
Monfieur. —Que faites-vous dans cette
maison? —Je raconte à la Perfonne,
que j'y vois, ce que j'ai rencontré en a-
lant le foir même, ét la nuit precedente,
en m'en retournant. —Cela eft fingulier! Quelle eft cette Perfonne? —Une

Femme-de-qualité. —Cela eſt plûs ſin-
gulier encore !.... Pardon ! mais vous
m'avez interrogé le premier ? —Je ne
me formalise pas de vos queſtions. —Je
ne me formaliserai plus des vôtres. —Je
ne vous en ferai que pour votre utilité :
ſi elles n'avaient pas ce but, vous ſeriez
maître de n'y pas repondre : D'où venez-
vous à pareille heure ? —D'une maiſon,
où ma Femme, que vous voyez, fait des
lectures à une vieille Dame riche, juſqu'à ce qu'elle ſ'endorme. —Nous n'a-
vons pas tout-à-fait le même emploi ,
mais peu ſ'en faut , car je fais auſſi des
lectures: Mais je les ai composées. —Hâ !
Monſieur ! (me dit la Dame) ; qui êtes-
vous donc ? —Je ſuis un Homme laborieux, qui travaille tout le jour pour ſubſiſter , ét qui, la nuit, obſerve le repos
de la grande Cité. Tout n'y repose pas !
Le vice y veille... il y veille encore à cet
inſtant; mais la Vertu le ſurveille !...
Une Femme-de-qualité avait des vapeurs;
elle ne ſavait que faire d'elle-même ét de
ſa fortune ; elle eſt devenue bienfeſante,
ét elle n'a plus de vapeurs. C'eſt pour
elle que je cherche des Infortunés ſans
reſſource. —Voila un noble emploi! (dit
la belle Femme)... Mon Ami, permets que
je dise un mot en-particulier au Specta-
teur-nocturne-? (Elle me nomma ainſi

d'elle-même). Elle me prit le bras, ét fon Mari marcha devant. —Je trompe cet honnête Époux (me dit elle); mais ne vous revoltez pas ! (me fentant fremir); je ne fuis pas criminelle ; pas même imprudente !... Nous nous fommes-mariés en province : nous fommes d'égale condition, ét tous-deux de famille noble. Mon Mari fit ma fortune, ét tout le monde l'approuva. Mais, par une circonftance peutétre unique, fon Frère-aîné, qui fervait dans l'Inde, cru mort, ét dont nous avions le certificat-de-fepulture, revint, ét nous depouilla: C'était fon droit ; mais il l'exerça cruellement, par des motifs de jalousie... Nous fommes venus à Paris chercher des reffources. Nous n'en avons pas trouvé. Prêts à tomber dans la plûs affreuse misère, nous nous étions determinés à defcendre à l'état de Blanchiffeurs: Mon Mari portait la hote ; moi, j'étais au bateau. Ce terrible metier me tuait. J'alai reporter du linge chés M. Boucher; il me vit; me proposa de lui fervir de modèle, ainfi qu'à fes Elèves: Il m'offrit une journée qui quadruplait mon gain de Blanchiffeuse, ét me donnait la facilité de tirer mon Mari de ce miserable état; car il portait auffi de l'eau : Je l'acceptai: Il fut convenu, que je pafferais pour être la lectrice

d'une vieille Dame, voisine du Peintre.
Voila mon hiftoire. J'ai peu à foufrir
des Eléves, à-cause de la grande attention
du Peintre à les contenir. Mais, quel
état-!.... Sans attendre ma reponfe, elle
rejoignit fon Mari, en achevant ces
mots, ét je les accompagnai jufque chés
eux, à-l'entrée de la rue des-Cordeliers!
—Je ne vous oublierai pas-! (dis-je
tout-bas à la Femme).

ÇXÇV NUIT.

LE BILLARD-BOURGEOIS.

Connu dans tous les Billards où j'avais
été, pour l'ennemi du vice ét de l'efcroquerie, je ne pouvais y retourner, fans
m'exposer à quelque coup-de-desefpoir
de la part des Croqs, tous efpions ét fou-
teneurs, parconfequent gens qu'il n'eft
pas fûr de pouffer à-bout. Je vis l'en-
feigne d'un Billard-bourgeois, au premier, ét j'y montai. A ma vue tout le
monde parut furpris. Ce n'eft pas qu'on
fe doutât que je fuffe le Spectateur-nocturne, mais j'étais un Inconnu. Cette
extrême circonfpection ne m'était pas
d'un bon-augure, pour l'honnêteté du
Billard. En-effet, je m'aperçus bientôt, qu'elle ne confiftait, qu'à recevoir
des Gens plûs proprement vétus, que
dans les Billards du Quai de-la-Ferraille

ét du Port-au-bled. Heureusement j'a-
perçus un Garſon-libraire de ma connaiſ-
ſance, nommé Lacroix, qui m'ayant ſa-
lué, repondit de moi à l'Aſſemblée, par
les politeſſes qu'il me fit. Ce Garſon ne
ſe doutait pas que je fuſſe l'Homme dangereux dont il avait entendu parler : Mes
Connaiſſances-de-jour n'étaient pas mes
confidens. Une-fois admis, j'examinai
tranquilement ce qui ſe paſſait. Les Joueurs étaient deux Bourgeois; l'un à ſon
aiſe, l'autre ruiné : Le Second cherchait
à duper ét ſon Joueur, ét la Galerie, au-
moyen du Tripot, dont il était ſecrette-
ment. Je le ſuivis avec exactitude, ét
je fus bientôt ſi parfaitement inſtruit,
que j'empêchai Lacroix d'être *fait*. Il
paria toujours contre le Joueur ruiné,
tant que les parties ne furent qu'à un écu :
mais ayant entendu parler d'un louis, à
la huitième partie, ſon pari changea, par
mon conſeil. J'aurais preferé qu'il ne
jouât pas; mais c'était en lui une fureur.
Le Bourgeois aiſé perdit trois louis, outre le premier, gâgné en huit parties, ét
ſe retira, convaincu qu'on ne ſaurait toujours gâgner. Je ſuivis le Bourgeois
ruiné, à la concluſion de Billard, ét je le
vis avec les Croqs. Il y eut même un petit differend: Ceux-ci pretendaient, qu'il
avait été ſuffiſamment rempli de ſa perte

de 8 écús, par les quatre parties fuivantes, qui lui avaient procuré 3 louis. Mais un Prudhomme de la Bande obferva, que la Compagnie ayant fait un revirement de partie, elle avait toujours gâgné, ét que le Joueur devait avoir fa part dans le gain qu'il avait procuré. Ce qui fut executé, nonobſtant toutes oppositions.

Je parlai à la Marquise du Modèle de la veille, ét je l'intereſſai vivement pour cette Belle-infortunée : Elle me dit de la lui amener le lendemain.

LA FEMME SURPRISE.

Je voulais regâgner le Pont-henri, en m'en revenant, afin de rencontrer la Femme-modèle ét fon Mari, pour leur annoncer une bonne-nouvelle. Mais dans la rue Saintgermain-l'aucerrois, que j'avais prise, je fus frappé des cris que j'entendis partir d'une maison. Les carreaux des fenêtres éclatèrent, ét j'entrevis deux Hommes, dont les bras paſſaient à-travers la croisée. Au méme inſtant, la porte s'ouvre, ét je vois fortir une Femme demi-nue, échevelée, enfanglantée. Je me presente à elle, en lui offrant de la protection. —Hêlas ! Monſieur! faites de moi ce qu'il vous plaîra! je fuis perdue, perdue fans reſſource-! Je l'interrogeai, en m'éloignant avec elle ; car elle fuyait. Elle parla peu. Mais arrivés

rivés chés moi, où elle m'avait fupplié de
la conduire, elle me montra une très-jolie Femme, dont je connaiffais la figure.
Elle m'avoua qu'elle avait tort; qu'elle
f'était laiffée feduire par un Amant, ét
qu'elle l'avait reçu la nuit ; que fon Mari,
fans-doute averti par quelque Voisin,
était revenu deux jours plûtôt qu'elle ne
l'attendait, ét qu'il les avait furpris au
lit... En-effet, elle était en-desordre ;
elle n'avait point de bas, ét n'était couverte que d'un mince corfet. Elle était
gelée. Je fus obligé de la mettre dans
mon lit, d'alumer du feu, pour chauffer
des tuiles, les placer à fes piéds, ét même dans fes mains. Je fis enfuite une
feparation, au-moyen d'une tapifferie,
ét je me couchai.

Je dormais depuis deux heures, lorfque je fus éveillé par un bruit violent à
ma porte. Ma Voisine, reveillée comme
moi, trembla de frayeur. Je fautai du
lit, ét je m'habillai entièrement, avant
que d'ouvrir. Je regardai enfuite par
une petite ouverture faite exprès, pour
decouvrir quî ce pouvait être. J'entrevis une Femme. J'ouvris fans crainte.
C'était une Jeuneperfone qui demeurait
audeffous, ét qui ayant entendu chés
moi une agitation extraordinaire, m'avait

cu malade, ou affaffiné : Elle venait le
matin, favoir ce qui en était, n'ayant pas
ofé monter, ni même ouvrir fa porte pour
appeler du fecours, pendant la nuit. Je
lui montrai ma Compagne, fans rien expliquer; je la priai de lui prêter pour fe
vétir, afin que je puffe la conduire chés
une Dame refpectable. Je la priai auffi
de vouloir bien l'emmener dans fa chambre. Ce que la Jeuneperfone fit avec le
plus grand plaisir : car elle m'aimait,
depuis qu'une nuit d'orage, j'avais eu l'attention d'aler la garantir de la peur extrême qu'elle avait du tonnerre... Je lui
fis comprendre, qu'on n'avait rien à craindre, lorfque le coup ne fuit pas l'éclair,
parcequ'alors la foudre n'eft pas audeffus de nos têtes; étlerefte. Je ne dirai
pas ce qu'était cette Jeunefille: Elle a-
vait un Parein, qui prenait foin d'elle :
on disait, que c'était fon père, ét qu'elle
était fille naturelle: cela ne fait rien à la
chose. Aurefte, c'était l'âme la plûs ai-
mante que j'aie connue de ma vie! Les
deux Femmes fe firent leurs confidences,
ét lorfque le foir, je parlai de conduire la
Jeunefemme à l'Établiffement de la Marquise, elles me prièrent toutes-deux de
les laiffer enfemble. La Parein arriva;
ét il y confentit; c'était une fociété pour
la jeune Églé, fa pupile.

CXCVI NUIT.
LA BELLE-PAUMIÈRE.

N'ayant pas à conduire la Jeunefemme chés mad. De-M****, je me trouvai libre de fuivre mes obfervations. J'aperçus Lacroix à l'entrée d'un Billard alors celèbre. Il me fit-figne d'approcher. —Voulez-vous voir une jolie partie? (me dit-il). Il n'entre que des Gens connus ; mais je vais vous introduire-. Et il me preceda. La Paumière était une belle-femme, d'environ 24 ans; ét elle avait pour compagne, une Fille de fon Mari, qui n'en annonçait pas plûs de 16. La jeune Bellemère ét la Fille du Mari, étaient unies comme deux fœurs! Le but de la Première était de trouver un bon Parti à fa Jeune-amie, ét de tout employer pour y parvenir. Une Joliefemme a bien des reffources! En entrant dans ce Billard, je fus furpris d'y voir jouer une Nymfe leftement vêtue! Elle fesait la partie d'un Homme-de-qualité. Les égards, les complaisances mutuelles, les coups favans, la joie franche, me firent de cette partie un fpectacle delicieux ét nouveau! Tandis que j'étais dans l'admiration, j'entrevis une Jeune-ét-jolieperfone, qui avançait dans la falle fon petit bec. —Viens me voir jouer, ma Bonne-amie-? (lui dit la Paumière). La

D ij

Jeuneperfone entra en rougiffant, fit la reverence avec grâce, ét ala fe placer fur une chaise entre deux Jeunes-feign.^{rs} Elle était devant moi. On lui dit beaucoup de douceurs, ausquelles Aglaé repondit modeftement. Je fouris à quelque-chose de delicat, ét elle fe retourna pour me regarder. —Mademoiselle (lui dis-je tout-bas), on affure que vous êtes Hebé; à vos reponfes, je vous ai prife pour Minerve-. Elle rougit, en me fesant une inclination obligeante. J'avais auffi l'œil à la partie: le billard n'eft pas avantageux à la Beauté par fes attitudes; cependant je n'en ai jamais vues d'auffi decemment voluptueuses, que celles que prenait la Belle-Paumière! Il eft vrai que tout va, quand on n'a que des choses parfaites à montrer. Après un beau coup de fa part, elle vint embraffer Aglaé. Le charme du tableau remua tous les cœurs! La partie finit. Un des Jeunesgens propofa de faire une partie avec Aglaé? —Elle joue très-bien! (repondit pour elle la Paumière); mais elle eft fille; elle ne joue encore, foit au billard, foit à la paume, qu'avec moi; ét ni mon Mari, qui eft fon père, ni le Prevôt ne font prefens: Lorfqu'elle aura un Mari, il fera le maître de lui permettre de jouer: mais à-prefent, c'eft l'impoffible-. Le Jeunehomme fe mordit les lèvres, ét fit une seule partie avec la Bellemère. Il perdit; mais on vit, à la temerité de son jeu, qu'il voulait perdre. La seance achevée, j'alai chés la Marquise, avec la Femme-modèle ét son Mari.

Je débutai par l'histoire de la Femme-surprise; ét à cette occasion, je dis un mot de ma Jeune-voisine. Mad. De-M··· était en ce moment entourée des deux Demoiselles Demerup, d'Élise ét de quelques-autres de ses Obligées. Elle confiderait la Belle-modèle, tandis que je parlais, ét lorsque j'eus cessé, elle lui dit les choses les plus agreables. Je compris que la Protegée plaisait à la Protectrice, qui lui dit un mot d'éloge de Toutes-celles qu'elle avait la bonté d'appeler ses Amies. Elle lui fit embrasser sa Fille ét son Fils, deux aimables Enfans, qu'elle montrait pour la première-fois à sa petite Société; en-un-mot, Mad. De-M···· lui donna les marques-d'attention les plus flateuses. Elles eurent ensuite un entretien particulier, après lequel je reconduisis chés eux les deux Époux rayonnans de joie. La Dame-modèle ne me dit qu'un mot: —Vous venez de me montrer la Vertu personifiée, unie à la beauté, aux grâces ét à la fortune-. Je les quittai. Je ne fis pas de rencontre. Mais à ma rentrée chés moi, je trouvai mes deux Voisines

qui m'attendaient.. Elles voulaient me
preparer du feu, me servir... Je les re-
merciai, en les affurant, que mon bonheur le plûs folide était de me fuffire feul.

Il convient de dire ici, que j'ai toujours été aimé, confideré de mes Voisins, ét qu'ils avaient de moi une opinion beaucoup audeffus de la verité. Plusieurs Perfones favent que le mot de ma
Locatrice de la rue de-Bièvre, quand on
venait me demander, était: —Revenez
le foir; dans le jour, M.ʳ le Duc d'Orleans ne lui parlerait pas-! On fent combien cette expreffion eft outrée! mais je
la rapporte, pour montrer à de vils De-
tracteurs, la haute idée que je donnais de
moi, tandis qu'ils font l'objet du mepris
public! J'apprens aux Cenfeurs de ces de-
goûtantes Rapfodies, indigefte compila-
tion des Journaux, qu'il ne tiendrait qu'à
moi de faire rougir de fon impudente temerité leur plat Affembleur, en devoilant
fa turpitude! Je ne les designerai que de
la manière dont ils ont fouffert que je le
fuffe, M.B.D.S.-M. *p.* 247 des *H. d. J.*
ou P. t. q. e.; M.D.-S. dans l'*A. d. l. F.*

CXCVII NUIT.
SUITE DE LA BELLE-PAUMIÈRE.

La partie de la Belle-Paumière m'avait
fi fort amusé, que je courus le lende-

main à fon Billard, pour en voir une pareille. Lacroix y était-encore : mais je n'avais plus besoin de lui. La Belle-mère ne jouait pas : Elle était dans la falle, avec Aglaé; deux Jeunes-gens de la veille, dont Mad. M····· avait, dans le jour, fait la partie à la paume, causaient ét riaient avec elles. J'attendis qu'on jouât.

La porte de la falle était reftée ou-verte. Je fus furpris de voir la Paumière me regarder! Elle vint à moi, au-mo-ment où elle alait faire la partie d'un Hom-me-comme-il-faut : —Monfieur! (me dit-elle), charmée de vous voir! Entrez dans la falle: Aglaé fera bien-aise de causer avec vous-. J'entrai donc. Les deux Jeu-nes-gens ne me virent pas de bon œil; ils me tinrent quelques propos, qui mar-quaient le dedain : J'alais me retirer; mais Aglaé me retint. —Vous voyez, Meffieurs, que je fuis forcé de refter-? On me perfiffla. Je diffimulai. Aglaé fit des remontrances. J'étais impatienté: Je n'aime pas à fouffrir de Ceux que la fortune ét le fort ont mis audeffus de moi. Je fortis de la falle, fans rentrer dans le Billard. Au-moment où je met-tais le pied dans la rue, deux Valets fo prefentèrent vivement : Ils fe retirè-rent, en voyant que ce n'était pas leur Maître. Un grand cabriolet rasait la

porte. Je ne fais pourquoi j'eus quelque
defiance. J'alai me mettre dans une aléé
audeſſus, ét je reſtai-là. Environ dix minutes après, je vis un autre mouvement des
Laquais. Au même inſtant, ils reçurent
une Femme, dont la tête me parut en-
velopée. Je courus à eux : mais comme
c'étaient deux grands Drôles beaucoup
plûs forts que moi, je fus obligé d'avoir
recours à mes piſtolets. Je les menaçai
de leur faire fauter la cervelle, fi, à-
l'inſtant, ils ne lâchaient leur Proie. Ils
posèrent la Dame à-terre. Je donnai
un coup dans les vîtres du Billárd, ét
les deux Laquais ſ'enfuirent avec le cabriolet. Je fus furpris de voir que c'é-
tait Aglaé ! Elle était preſqu'évanouie.

Je la reportai dans la ſalle. Les deux
Jeunesgens étaient occupés à regarder
jouer la Belle-Paumière avec le Joueur
de la veille. —Gardons le filence! (dis-
je à la Jeune-Aglaé); montez dans votre
chambre avec la Fille ; pour moi, je vais
rentrer dans le Billard-. Les deux Jeunesgens avaient entendu partir le cabriolet ; ils ne doutaient pas qu'Aglaé ne fût
enlevée : Je le compris à certains mots
qu'ils ſe dirent tout-bas. Ils reſtèrent
neanmoins, juſqu'à la fin de la partie.
La Paumière ceſſa de jouer, ét monta
dans ſon appartement, où était Aglaé :

C'était le moment que les Jeunes-gens attendaient. Mais ils furent très-surpris de ne pas la voir redefcendre, en éclatant, ou dumoins, en appelant Aglaé! Rien de tout-cela. Aucontraire, aubout d'un quart-d'heure, elle reparut, trifte à-la-verité; mais parcequ'Aglaé (dit-elle), était indifposée. La Jeune-perfonne n'avait pas voulu effrayer fa Bellemère, par tendreffe pour elle; fon Père était le feul qu'elle voulait inftruire. En-effet, dès qu'il eut appris que fa Fille f'était trouvée-mal, il monta. La Paumière donnait fes ordres, à la cuisine, pour preparer ce qu'elle croyait necef-faire à fa Bellefille. Les Jeunes-gens, comme tout le monde, marquaient beaucoup d'interêt à la fituation d'Aglaé! On desira la voir; mais la Jeunefille ne voulut recevoir Perfonne. On partit. Ce fut alors que je fus admis, parce qu'Aglaé me demanda. Je racontai ce qui venait de fe paffer. Aglaé nous dit, qu'on l'avait-demandée à la porte, ét que n'ayant aucun foupçon, elle avait été voir; que parvenue dans le paffage, elle f'était fentie couverte d'un manteau, ét qu'on l'emportait prefqu'évanouie, quand je l'avais fi heureusement delivrée. Perfone ne douta que les deux Jeunes-gens n'euf-

D 2

fent eu deffein d'enlever Aglaé : mais
un pareil projet n'étonnait pas moins,
dans notre pays, dans nos mœurs, ét re-
lativement à la condition des Perfonna-
ges! On conjectura : mais on ne fut
pas inftruit.... Je le ferai bientôt.

J'alai chés la Marquise : En chemin,
je rencontrai les deux Valets, qui ne me
reconnurent pas. Je fus curieux de les
obferver. Ils marchaient en converfant.
J'ai remarqué que ces efpèces d'Etres
font le mal ordonné, comme les Honnêtes-gens font leur devoir, ferieufe-
ment, avec une fecurité très-éloignée
du remords. —Parbleu ! (difait l'Un),
cela aurait fait un beau coup! —Mais tu
dis, que ton Maître ne te l'avait pas com-
mandé! —Non : mais ça n'en aurait été
que mieux. Il difait hièr à fon fidele Ami
le ** de-la** : —Pardi ! je voudrais bien
mortifier la **, qui couve fa Bellefille
des ieux, ét qui pretend la marier....
Elle n'eft pas fevère pour elle-même; ét
c'eft un cerbère pour Aglaé ! Je voudrais feulement lui efcamoter Celle-ci
pour 24 heures, fans qu'elle fût quî, ét
la lui rendre enfuite, comme je l'aurais
prise ; car je ne pretens pas la vio-
lenter : Mais dumoins la ** ne ferait
plus fûre de rien, ét moi, je ferais fûr
qu'elle laifferait jouer avec la Belle tant

qu'on voudrait-. Je compris par-là, que ce n'était qu'un fot propos de Jeune-homme, tenu devant un Valet empreffé à faire le ferviable, qui avait occafionné tout le mal. Le Paltoquet qui accompagnait le Poftillon-raviffeur, rit niaifement, en confidérant combien leurs Maîtres auraient été charmés de voir exccutée une chose qu'ils desiraient, ét qu'ils n'avaient pas commandée-.

Je fis part de tout ceci à Mad. De-M****.

A mon retour, je voulus paffer devant la porte de la Belle-Paumière : C'était mon usage, lorfqu'il était arrivé quelqu'évènement dans une maison, de fuivre le mouvement des choses, ét je m'en étais prefque toujours bien trouvé. Je ne vis rien : Dailleurs, Aglaé, malade de-faisiffement, était bien en-fureté : Mais à deux pas de là, je vis fortir un Jeune-Chandelier de la maison d'une Brunette, m.ᵈᵉ Epicière, fa Voisine : Elle referma la porte elle-même, en lui disant : —Prenez garde que votre petite Femme ne vous entende-! Ce Monfieur était nouvellement marié à une jolie Blonde, fille de la maison; mais fi jeune (elle n'avait pas 14 ans) qu'ils avaient chacun leur chambre : L'Epicière était une Brune-fringante, veuve depuis six mois. Je m'étais caché. Je me montrai dès que l'Epicière eut fermé fa porte, ét frappant fur l'épaule du Chandelier, je lui dis: —Je fais que votre Femme eft trop jeune: on a eu tort de la marier fitôt ; mais votre conduite n'en eft pas moins imprudente: Votre Femme eft jeune ét belle; fi elle fe doute de la moindre chose, en rît-elle à-prefent, fes mœurs font perdues pour l'avenir, ét peutétre deviendra-t-elle une libertine, qui vous ruinera, ou vous quittera-. Le Jeunehomme parut effrayé de mon pronoftiq.

ÇXCVIII NUIT.

SUITE DE LA JEUNE-PAUMIERE.

J'alai faire part de mes decouvertes de la nuit precedente à la Belle-Paumiere. Je trouvai Aglaé raffurée; ce que j'apprenais à fa Bellemère acheva de la remettre. Les mêmes Joueurs étaient revenus. Le Paumier jouait contr'Un d'eux. L'Homme d'un certain-âge arriva, ét demanda la Paumière. On lui ceda le Billard. Alcrsje m'approchai de mes deux Jeunes-Perfiffleurs, ét je leur racontai tout ce qui f'était paffé la veille. Ils m'écoutèrent avec étonnement, lorfque je leur rendis-compte du fingulier

hasard, qui m'avait fait entendre le difcours du Poftillon à fon Camarade. Cependant ils me traitèrent avec un certain
dedain, lorfque j'eus achevé, furtout
le Maître du Valet raviffeur. Je n'aime
pas cela! Non que je fois plùs fièr qu'Un-
autre; mais parceque je preus mauvaise
opinion du Mepriseur. Je me levai, en
leur disant: —Mesfieurs, ie vois, à votre
manière, combien vous étes audeffus de
misères pareilles: Ainfi, je ne me gêne-
rai plus pour en parler-. Je m'eloignai
d'eux àuffitôt, ét j'alai voir Aglaé.

Elle était feule avec la Domeftique.
—Je crains le mariage! (me dit-elle); je
fuis fi jeune encore! Mais j'accepterais,
à-present, l'Homme qu'on me donnerait.
—Il ne faut pas vous preffer, pour une
pareille entreprise, qui n'arrivera plus!
(lui repondis-je), precisement parcequ'
elle eft prefqu'arrivée. On vient de marier votre jolie Vòisine: J'ai bien peur
qu'on n'ait fait une haute imprudence! Il
faut être femme, quand on fe marie. Attendez, ét foyez reservée-. Elle me
promit de fe conformer à tout ce que fa
Bonne-amie lui prefcrirait. Je fortis.
Je retrouvai à la porte les deux Valets,
ét je leur fignifiai, que j'aurais les ieux
ouverts fur leur conduite, qui m'était connue. Ils ne me repondirent mot.

SUITE DE LA JOLIE-BLONDE.

J'alai chés le Chandelier: Il était abfent.
Je demandai de fes nouvelles à fa Jeune-
épouse.   Elle foupira involontairement.
—Ma jeune Dame (repris-je), je fuis
un Homme prudent ét de bon confeil: Je
fuis connu de vos jolies Voifines les Paumières : Ouvrez-moi votre cœur :   Je
n'abuferai pas de votre confiance-?   La
Jeune-femme me regarda indecife ; enfuite, elle me dit, en f'efforçant-de fourire : —Si je vous difais ce que j'ai, vous
vous moqueriez de moi, comme fait ma
Mère ! —Non ! non ! je vous le jure.
—Hô ! fi, vous vous moqueriez. —Non,
enverité! —Hébien, je fuis jalouse, là !
(dit-elle en rougiffant un-peu). —Je le
favais : j'en ai dit deux mots à votre petit Mari ; je ne veux plus qu'il vous donne de fujets-de-jaloufie. —Hô ! que je
vous aurai d'obligation, fi vous l'en em-
pêchez!... Tenez, il ne vient pas ici une
Femme, même ... une Servante ... qu'il ne
l'embraffe... Ét ça me fait un mal!... Étpuis, ça peut deplaire, ét l'on irait ailleurs, n'eft-ce pas? —Certainement! Mais
ne le dites pas à votre Mari! c'eft moi
qui le lui dirai. —Mondieu, monfieur,
que vous êtes bon!... Mais, d'où nous
connaiffez-vous ? —C'eft moi qui vous ai
écrit deux lettres, avant votre mariage,

pour louer votre modestie, votre goût
pour l'occupation, ét votre attachement
à votre Mère. —O Monsieur! je me les
rappelle... Mais, ma Mère ne vous connaissait pas? —Il suffisoit de vous avoir
vues, pour vouloir du bien à vous ét à
votre Mère. —Je sens cela. —Vous êtes
charmante! mais n'oubliez en aucun temps
que la fidelité à vos devoirs, qui sont l'attachement unique à votre Mari, le soin
scrupuleux des affaires de la maison, l'é-
conomie, la modestie, la reserve, peuvent seuls vous faire estimer ét prosperer.
Pour ne pas s'égarer; il faut toujours
s'observer, ét ne jamais se permettre
la moindre chose! parcequ'une negli-
gence, ou une liberté, en amène une autre. Vous êtes mariée; vous êtes liée;
le bonheur ét l'honneur ne sont plus pour
vous qu'avec un seul Être dans le monde,
votre jeune Époux. —Hô! que j'aime à
vous entendre dire ça! Voila comme me
parle ma Mère! —Elle est sage, quoiqu'elle vous ait peutêtre mariée trop-tôt.
—Hô! c'est qu'elle voulait nous ceder
son fond, qui est fait ét bien-assuré, a-
cause que nous sommes jeunes mon Cousin ét moi; ét elle va, elle, en recommencer un nouveau, par son experience
ét son économie: Aussi, mon Cousin dit-
il, que c'est une bonne mère! —Vous de-

vez bien l'aimer tous-deux! —Hô! mon
Cousin l'appelle encore sa bonne Tante.
—Vousaimez votre Mari comme parent et
comme époux? —Oui! Aussi, je l'aime!...
C'est pour ça que Maman m'a mariée!
—Soyez donc bien attentive! point jalouse! Votre Mari n'est pas capable de
vous donner de vrais sujets de jalousie...
Cependant je lui parlerai: Vous meritez
tous-deux d'être heureux. En ce moment, je m'aperçus que la Petitefemme
souriait à Quelqu'un. Je me retournai.
C'était le Mari, qui me sauta au cou, en
me disant: —Oui, vous êtes un vraiment
honnête-homme! vos dernières paroles
à ma Petitefemme, à ma bienaimée Cou-
sine, viennent de me le prouver... Non-
non, je ne lui donnerai plus de sujets-de-
jalousie! non! jamais! jamais-! Et il lui
baisa la main, puis le front. Je sortis de
la maison enchanté de leur bonheur!

A l'entrée du Pont-henri, en-alant chés
la Marquise, je me sentis appliquer un
coup-de-bâton. Je me retournai leste-
ment. C'était les deux Valets qui se
disposaient à me battre. J'évitai le second coup, et je tirai mon pistolet en
l'air. La Garde du pont accourut, et
les deux Valets s'enfuirent. J'avouai que
j'avais tiré. Mais comme la fuite de mes
Adversaires les fesait supposer coupa-

bles, je reftai libre, ét j'alai rue Payenne.

Je me plaignisà la Marquise, qui juſte-
ment indignée, écrivit fur-le-champ aux
Maîtres, dont je favais les noms. Elle eut
toute fatiffaction : Car les deux Valets furent chaſſés.

Je revins favoir, fi le Jeune-Chandelier tenait parole. Je me mis à l'écart,
envelopé dans mon manteau. La Jeune-
Épicière vint ouvrir fa porte, fit, Chit!
ét fe retira : Elle avait l'oreille au guet,
ét m'ayant entendu marcher, elle avait
ouvert. Un inftant après, le Jeunehomme ouvrit fa fenêtre: L'Epicière fe
mit à la fienne, ét elle lui fit un fignal.
—Plùs! Plus jamais-! Ce fut toute fa
reponfe. Il referma. Comme l'Epicière
ne favait pas le fens de ces paroles, elle
crut fon Amant jaloux. Je ne fais pourquoi j'entrai. Je voulais parler à cette
Femme ; ét cependant, je fentais que je
m'expofais beaucoup!... J'avançai, par
un effet de ma première détermination :
Je trouvai le petit efcalier, que j'avais
entrevu à la lumière, ét je montai. L'E-
picière vint me donner la main au haut,
ét fe jeta dans mes bras. Je la repoffai
doucement : —Ma chere Voisine! (lui
dis-je, fans deguiser ma voix) , il faut
ceffer un commerce criminel : J'ai une
Femme que j'adore ; je me dois à fa

tendreſſe. —Oui, mais c'eſt une Enfant!
—Elle eſt jalouse. —Jalouse! ſe doute-
rait-elle... —Si elle ſe doute... je le crois
bien! —Mais comme vous parlez-donc!
Ce n'eſt plus votre voix!.... —Non, ma
chère Voisine : C'eſt que je ne ſuis pas
le Chandelier. —Qui êtes-vous donc?
—Je viens à ſa place , pour vous dire ,
qu'il renonce à vous pour jamais-. L'E-
picière me toucha le visage ét les mains.
—Nommez-vous-? Je me nommai. —Je
ne vous connais pas-! Je lui detaillai
alors, tout-au-long, ce que j'etais, ét je
n'oubliai pas mes relations avec la Marquise, ni le pouvoir de cette Dame, qui
ſ'intereſſait au bonheur de la Jolie-Blon-
de : Je parlai de tout ce qui pouvait
m'attirer quelque conſideration; je lui dis
comment je me trouvais-là; en-un-mot ,
je n'omis rien de ce qui me concernait.
J'aurais parlé longtemps, ſans être in-
terrompu! La Brunette était petrifiée.
Enfin elle me fit des prières ét des pro-
mèſſes : mais je m'aperçus , quelle n'a-
vait pas l'âme delicate, ét que ſi j'avais
été diſposé à me comporter comme le
Voisin, le temperament m'aurait-fait
remplir ſa place. Je ne m'arrachai pas
ſans peine des bras de cette Syrène:
Mais un Homme qui avait resiſté à Louise, à Terèse, pouvait-il ſuccomber à un
moindre peril?

ÇXÇIX NUIT.

SUITE DES BULLETINS: LE CAFÉ.

Quittons les Billards, mais fans oublier Aglaé, ni fa Bellemère : Car deux Femmes qui f'aiment, font un phenomène fi rare, qu'on leur doit admiration ét refpect. J'avertirai la Marquife du mariage de la Jeune M****, lorfqu'il fe fera. Je trouverai cependant bientôt dans la carrière. nouvelle que je vais parcourir, quelque chofe qui égalera aumoins les deux Paumières. Mais avant d'entrer au Café, j'alai au depôt des Bulletins, dont j'étais bien-aife de ne pas perdre le fil, ét j'y trouvai celui-ci.

1 La Surprise de l'amour : ¶ *Une belle Blonde, appelée Mad. Glancé, habitait la même maifon qu'un Homme du plûs grand merite. Ils fe voyaient, ils f'eftimaient : Jamais un mot d'amour, cependant ! Ils étaient tous-deux mariés, ét croyaient aimer l'Une fon Mari, l'Autre fa Femme. Dans le vrai, ils étaient occupés continuellement l'un de l'autre : Tout ce que fefait Dulis, c'était pour plaire à Mad. Glancé ; mais fans qu'il f'en doutât: Tout ce que fefait la belle Blonde, c'était pour meriter l'eftime ét l'attention de M. Dulis. Par un hafard fingulier, ét qu'ils* étaient loin de songer à desirer, ils devinrent veufs presqu'en même-temps; Mad. Glancé un mois plûtôt: Dulis fut tout à elle pour la consoler. Mais la maladie de sa Femme le retenait chés lui: la belle Veuve se croyant fort touchée du mal de sa Voisine, vint la soigner elle-même, et ala jusqu'à passer des nuits, entr'autres la derniere: Après les obseques, les deux Veufs devinrent inseparables. Ils se virent ainsi pendant deux ans, aubout desquels, un Homme fort riche demanda en mariage Mad. Glancé. Elle consulta bonnement son Ami sur ce mariage. Dulis lui demanda jusqu'au lendemain, parcequ'il ne trouvait rien à lui repondre. Il ne trouva rien non-plus pendant la nuit. Le lendemain, il fut très-empressé de se rendre auprès de Mad. Glancé. Elle remit la même question sur le tapis. Dulis brûlait d'envie d'obliger son Amie. Il lui desirait des richesses, de l'illustration; et il ne pouvait s'decider à lui donner un conseil! Mad. Glancé le pressait. Enfin, il lui repondit: —Je ne sais que vous dire, mon Amie! Je crains que ce Mari ne nous empêche de nous voir aussi librement que nous le fesons. —C'est ce que je crains aussi. —Il faut savoir s'il est génant? —Je le crois.

—C'eſt malheureux! Je ſuis très-embar-
raſſé-!... J'aimerais-... Il n'acheva pas :
parcequ'il ſentit qu'il aimait au pre-
ſent, ét non au conditionel. Mad. Glancé, à ce mot, qu'elle n'attendait, qu'
elle ne deſirait pas, ſe ſentit émue : Elle
ſ'attendrit ; Elle regarda tendrement
Dulis. —Hé! pourquoi chercher un autre
Ami que moi? (lui dit-il en lui baiſant
la main). —C'eſt ce que je penſais !
(lui repondit-elle). —Je vous adore!
—Je vous aime. —Vous ferez mon bonheur. —Ou je ne le pourrai ; car j'y
mettrai tous mes ſoins. —Uniſſons-
nous ? —Je vous connais, vous me
connaiſſez ? —Nous ſommes habitués
à vivre enſemble ? —Mais oui-... En
achevant ces mots, elle lui tendit la
main, qu'il preſſa contre ſon cœur....
Ils furent mariés huit jours après.

Je fus très-content de ces details, que
je lus en arrivant au Café de la place de
l'Ecole. Je ſerrai le Bulletin, me propo-
ſant de ne lire les autres titres, que chés
la Marquise ; car il y en avait encore trois.

Je remarquai, en entrant dans ce nouveau
local d'obſervation, que l'Aſſemblée était
diviſée en Perſonages de quatre eſpèces ;
les Damiſtes, les Echiquiſtes, les Paſſans,
ét les Piliers. Les Damiſtes tenaient le
premier rang ; ét les Echiquiſtes, rebut

du Café-de-la-regence, étaient peu confi-
derés : Les Paſſans étaient de trois eſpèces ; les Etrangers, qui entraient par besoin ; Ceux qui venaient pour ſe rechau-
fer, ou pour voir jouer aux dames *, ét
qui ne prenaient rien ; des Eſcroqs, qui
cherchaient à tricher une-fois : Enfin les
Piliers, qui ne jouaient, ni ne lisaient
les papiers-publics de *Mille-ét-une-ſorte*,
n'avaient d'autre but que d'environner le
poêle, ét jaser entr'eux, en attendant le
coucher : Cette nombreuse Eſpèce d'Oi-
sifs était auſſi divisée en trois cláſſes ; les
Dejeûneurs ou Cafiſtes, qui ne prenaient
rien le ſoir, ſi ce n'eſt un petit verre d'An-
daye, mais qui étaient venus dejeûner le
matin, ou prendre leur tâſſe à l'eau après
le diner ; les Jaseurs, qui ne venaient que
le ſoir, ét ne prenaient jamais rien ; ét les
Mendians. Ceux-ci étaient de Pauvres-
diables, plûſque bornés dans leurs moyens, qui ſ'attachaient à un Causeur aisé,
lui fesaient la cour, le louaient, l'admiraient : Ce Causeur aisé prenait quelque-
chose, ét offrait à ſon Parasite tâſſe ou
bavaroise : Le Pauvre-diable, disait ordinairement que le café à l'eau l'incomo-
dait : Il y fesait mettre du lait, demandait un pain ; ét au moyen de cinq à ſix

---

* Le Maître de ce Café avait composé un
livre ſur le jeu de dames : Il vient même d'en
faire une nouvelle édition en 1787.

tâſſes, ét d'aütant de petits pains, un jour, de bavaroises un-autre, de demi-bou-teilles de cidre ou de bière un autre, le Pauvre-diable ſe trouvait alimenté.

Je me bornai à ces remarques le pre-mier ſoir, ét j'alai rendre compte à Mad. DE-M**** de ce que j'alais entreprendre. Elle eut la bonté de m'approuver, ét de m'encourager à faire d'utiles obſerva-tions. J'étais alors dans une terrible criſe diurne, dont je ne dis mot, parce-qu'on la verra dans MONSIEUR-NICO-LAS. Après mon petit recit, ét avant ma lecture du Titre à remplir, je parlaide l'origine du café.

Ce fut en 1554, il y a juſte 272 ans, qu'un Syrien ouvrit le premier café àCon-ſtantinople, ſous la forterëſſe de Karbi. On dit, qu'on doit la première connaiſ-ſance de ce cordial à un Abbé arabe, qui voulant tenir ſes Moines éveillés à l'office noĉturne, employa le fruit d'un arbriſ-ſeau qui feſait bondir les Chèvres. Tout cela éſt imaginaire : La vertu du café ſ'eſt decouverte comme celle du bled, du haricot, du chou ét du navet, par une tentative, pour le manger, ſuivie d'un effet, connu fort tard, parcequ'il eſt plûs caché. Le premier Café de Paris, date de 1705. Il était tenu par un Etran-ger, que l'on crut dabord inventeur de

la liqueur qu'il diſtribuait. On n'y met-
trait pas de ſucre, ét elle fit faire la gri-
mace aux Premiers qui la prirent. Mais
la propreté des taſſes ét des tables, le
choix de la Compagnie, firent que les
Honnêtes-gens vinrent au Café. La plû-
part n'en prenaient pas, ét auraient preferé du vin. L'eſpèce d'aise, la lucidité
des idées que le café procure, fut bientôt
vantée, ét tout le monde en prit. On
craignait cependant de ſ'échauffer, en y
mettant du ſucre; le goût de certaines
Gens fut même aſſe depravé, pour aimer l'amertume de cette boiſſon, ét ce
ne fut que longtemps après, qu'on ſ'a-
perçut, que le ſucre à forte dose n'ô-
tait preſque rien à la qualité du café, auquel il donnait une qualité nutritive, qui
témperant ſon reſſort, en feſait un exci-
tatif très-ſain. Cependant, le prejugé
que le ſucre échaufe ſubſiſte encore parmi le Peuple, ét dans la Bourgeoisie
provinciale.

Les Cafés ont été longtemps le rendevous des Honnêtes-gens; ét il faut
convenir que ce rendevous eſt plus de-
cent que le cabaret, où l'on était obligé
de ſ'enfermer dans une chambre, ét
que la boutique des Barbiers, où l'on
était couvert de poudre, ét où l'on avait
le peu gracieux ſpeſtacle des barbes ſavo-
nées

nées, mais ils n'ont été brillans que dans leur jeuneſſe. Ils ſont fort tombés de-puis 20 ans. Cependant ils ne ſeront ja-mais avilis comme les cabarets, ni com-me les boutiques des Barbiers, où les Garſons-ferruriers-mêmes n'oſent plus aler : Je crois que je ſuis aujourdhui le ſeul, qui ne faſſe-pas-venir un Perru-quier chés lui : J'en ai plûs d'une raiſon : Il me ſerait incomode de recevoir un Homme à ſon heure, ét non pas à la mi-enne : Enſuite, les Perruquiers me ſont utiles dans tous les quartiers de Paris : En troiſième lieu, depuis 1760, je porte mes faces dans ma queûe, à l'imita-tion de mon cher ét reſpectable Ami M. Loiseau, ou Losolis : Je vous parlerai quelque jour, Madame, du parti que je tire des Perruquiers. Quant aux Cafés, voici l'obſervation que j'y ai faite depuis : Les Parisiens ét les Provinciaux y por-tent la dure indifference de la Capitale : Il n'eſt guère que les Etrangers qui ſ'y montrent polis, ou ... des Gens extrê-mement ſenſés. Vous y voyez un Jeune-fat venir ſans façon vous ôter le jour, au moment où vous lisez un papier en fin caractère, ou le Mercure, ſi mal imprimé, qu'il en eſt *inlisable* (paſſez-moi l'expreſſion ; mais *lisable* eſt dans notre langue, un mot de plus, ét très-neceffaire, parcequ'alors *lisible* demeurera fignificatif du materiel de l'écriture, ét que *lisable*, ne f'entendra que du ftyle ét des choses). Il en eft d'Autres qui retiennent groffièrement le papier-public, qu'attend un Homme occupé; qui l'épellent, ou caufent, fans l'expedier : D'Autres vous demandent une feuille que vous alez lire, ét ne rempliffent pas le devoir de vouslarendre : D'Autres lifent tout-haut; chofe qui devrait étre interdite, à-moins que ce ne foit un article très-court, ét très-faillant : D'Autres crient, badinent groffièrement, ét affourdiffent le Cafifte paisible, qui vient refpirer un-moment. C'eft ce manque d'urbanité, qui éloigne infenfiblement des Cafés tout ce qui eft honnéte. Deja les Gens-de-lettres n'osent plus f'y montrer : D'Autres dedaignent d'y paraitre, à-raison de la grande gloire dont ils fe croyent environnés : Et ils ont raison : Les Cafés font frequentés par une foule de Jeunes-avantageux, qui ne fe doutent pas, qu'avant trente ans les trois-quarts ét les trois-quarts du dernier quart des Hommes n'ont pas la plenitude de la raison, n'ont pas la rectitude du jugement, en-un-mot voient mal, faute d'etre fuffifanment rectifiés par une affés-longue experience:

Et ces Jeunes-avantageux feraient le fleau de l'Homme-de-lettres, qu'ils impatienteraient ét compromettraient : Et moi, cependant, Madame, j'irai desormais au Café ; parceque je vois que mon genre-de-travail le demande : Comme je vais chés les Perruquiers ; comme j'entre quelquefois au Cabaret, au Billard. Mais je ne traiterai pas les Cafés de-fuite : Je les entremêlerai par les Academies, les Cabarets, les Perruquiers, ét les Avantures courantes.

—Vous m'étonnez tous les jours ! (me dit la Marquise, voyant que je ceffais de parler), ét vous m'ouvrez une carrière immenfe, au moment, où je vous croyais réduit aux repetitions de choses deja vues ! Enverité, Monfieur-Nicolas, vous êtes un Homme effenciel pour moi... Je me rappelle en ce moment, que vous m'avez promis le recit de vos anciennes Avantures, ét vous me le devez encore ?

—Je ne vous le ferai pas, Madame ; vous les lirez : Je composerai dans peu un Ouvrage, intitulé, MONSIEUR-NICOLAS, où tout fera detaillé. Vous venez de voir Mad. Parangon efquiffée, dans *le P.-P. perve tis* : Hâ ! qu'elle eft bien plus-belle dans la realité ! —Cet Ouvrage a-fait bien du bruit !... Mais j'en fuis flatée, puifqu'il eft de mon Hibou.

E ij

LE GUETTEUR.

Je fortis après ce mot : Et en m'en
revenant, je trouvai au coin du Pont de-
la-Tournelle, un Homme en mauvais
bergopzoom, ayant des bas troués, un
vieux chapeau, qui vint me regarder
fous le néz. Je le regardai de-même : Je
m'arrêtai au coin du Quai-Daufin, ét j'attendis. L'Homme fe promena cinquante pas en long, ét autant en large. A-
la-fin, il vit ce qu'il guettait. Il courut
à la Garde, fans-doute prevenue par lui.
On faisit un Homme qui fortait myfte-
rieusement d'une maison à porte-cochere,
ét on le conduisit chés un Commiffaire
fort éloigné ! Je fuivis. L'Homme fut
mis au Châtelet, ét le Guetteur ala fe
coucher. J'en fis autánt.

Qu'était l'Homme ! Un Suborneur,
que le Père fesait guetter, étqu'il fit em-
prisonner, par les règles ordinaires de
la Juftice, qui defendent de f'introduire
chés les Citoyens, à leur infu,

11-Ç NUIT.

LA SAUVAGETÉ : LE DEGEL.

Imaginerait-on, d'après tout ce qu'on
voit faire au Spectateur-nocturne, qu'il
eft né le plûs fauvage de tous les Hommes ?
C'eft faute de vivre avec le monde, que
jufqu'en 1772, il n'osait entrer dans un
Café. Si on le voit chés la Marquise,

c'eſt que leur connaiſſance ſ'était faite
d'une manière exaltée, qui le ſoutint juſqu'à l'habitude. Cependant il ne feſait
jamais le ſignal, pour entrer, ſans un petit ſentiment de ſauvagerie, à-moins qu'il
n'eût des choses très-importantes à dire;
car alors il éprouvait une chaleur qui l'en-
hardiſſait. Il n'eſt pas encore exempt de
cette timidité penible, qui a ſa ſource
dans l'orgueil. Souvent, lorſqu'il va dans
une grande maiſon, il lui eſt arrivé de lever le heurtoir, ét de n'oser le baiſſer :
Il ſ'en-retourne, quoiqu'il ſoit attendu.
Mais ce qu'il y a de ſurprenant! c'eſt que
ce même caractère ſauvage, eſt ce qui l'a
rendu indagateur: Il a trouvé ſi heroïque
de ſ'exposer à voir les Hommes ét à en
être vu, d'oser les penetrer, que la gloire
le lui a fait entreprendre. Un Jeune-
Parisien bien-hardi, bien-blâsé ſur tout,
trouverait cela ſi ſimple, qu'il n'en ferait
pas tenté : le Spectateur-nocturne l'a
trouvé merveilleux, ét il l'a fait. Ainſi,
les effets les plûs certains reſultent quelquefois des contraires; tout depend du
reſſort qu'on a dans l'ame.

Il degelait; les rues étaient l'image du
caos: Le desordre était encore augmenté
par les Auvergnats du coin des rues, qui,
pour gàgner davantage, avec leurs planches poſées ſur les traverſes des petites

rues aboutiffantes dans les grandes, for-
maient ex près des engorgemens, qu'ils a-
bandonnaient le foir, fans les faire-écou-
ler. La tranquilité ftagnante des néges
demi-fondues, les fefait croire folides,
ét l'on enfonçait jufqu'audeffus de la che-
ville. J'étais bien-faché de voir exifter un
desordre auffi facile à prevenir! Dabord,
il ne faut pas laiffer le balayage aux Particuliers, qui ne le font, ét ne peuvent le
faire d'accord; aulieu que des Balayeurs-
publics qui f'entendront, ét qui feront
bien-infpectés, nétoieront les rues avec
ordre, avec exactitude, ét en très-peu
de temps. Il faut enfuite defendre aux
Auvergnats d'établir des planches; les
Balayeurs publics n'en poseront qu'aux
endroits indifpenfables, ét gratis: mais
le balayage ét le planchage feront payés
par le Public, par l'addition de 2 liards à
la capitation de 36 f., ét ainfi de-fuite,
en augmentant, jufqu'à 24 fous, pour la
capitation la plùs haute.... Comme je tra-
verfais la rue Sainthonoré, par celles des-
Poulies ét d'Orleans, je vis une pauvre
Jeunefille qui paffait fur la planche d'un
Auvergnat. Requise de payer, elle n'a-
vait pas de-quoi. Il la repouffa brutale-
ment dans la fange ét la marre de nége-
fondue, dont il avait augmenté l'amas par
une digue, afin de rendre fa planche ne-

ceſſaire. Les piéds mal-chauſſés de la
Fille quittèrent ſes ſouliers, le bas de ſes
jupes fut trempé ; l'eau qui en degoutait,
en marchant, lui gelait les jambes. Je
ne ſuis pas cruel ; je ſuis doux, benin, mais
très-iraſcible. J'avoue que je roſſai l'Auvergnat, aux riſques de l'étre ; que ſes
Camarades accourùrent, ér que ſans la
Garde, j'aurais été embarraſſé! Je m'expliquai : Le Caporal donna tort aux Auvergnats, les obligea de faire écouler la
marre ; ér moi, je courus à la Jeunefille;
je la conduiſis chés elle ; je lui achetai
une falourde, car je trouvai ſa Mère
ſans feu ; je la fis ſècher ; puis je courus
les recommander à l'efficace bonté de
l'incomparable Marquiſe, qui voulut bien
leur être utile. La Jeunefille était jolie,
ér parconſequent plùs expoſée qu'Une-
autre. Elle m'apprit, à mon retour, que
ſouvent on l'avait attaquée le ſoir, mais ſi
groſſièrement, qu'elle n'avait jamais été
tentée. Elle demeurait rue Thevenot.
C'était la Fille d'un Compagnon-bateur-
de-cuivre, mort du vert-de-gris : elle
ſoutenait ſa Mère infirme, ér trois Frè-
res-ét-Sœur, en brodant des ſouliers-
d'étofe, pour un Marchand-cordonier.

En quittant la Jeunefille, j'entrai dans
un Café ; mais je n'y vis rien de remar-
quable. Je retournai chés la Marquiſe,

à quî je lus le troisième titre d'Ouvrage que j'avais omis, ét deux nouveaux :

1 , Les Mille-ét-une Metamorfoses: Ouvrage très-moral ; dans lequel on suit les differens changemens, par lesquels passent l'Homme ét la Femme , depuis le moment de leur naissance, jusqu'à la decrepitude. ╂ *On n'y considère pas seulement le moral, c'est-à-dire, les passions , les sentimens , les manières ; mais encore les developemens physiqs...* ℞ *Cet Ouvrage, où les details seront très-rapides, ne doit pas former plûs de quatre Volumes de 480 pages.*

2 Les Mille-ét-une Manières de plaire aux Filles. ¶ *Ce ne sont pas ici Mille-ét-une-Manières differentes, mais une suite raisonnée de Manières-de-plaire, qui s'enchaînent, ét conduisent à toucher le cœur le plûs insensible , ét au bonheur.* ╂ *Cet Ouvrage bien fait sera très-utile aux mœurs.*

3 Les Mille-ét-un-Plaisirs de l'Amour. ╂ *Ce quatrième Ouvrage est un delicieux exposé de tout ce que l'amour moral ét même physique procure de jouissances ; mais presenté d'une manière decente ét pudique: Car l'obscenité, dans les discours , comme dans les actions, detruit la delicatesse , émousse les organes , ét conduit à une fastidité*

deplorable, le plûs grand des malheurs,
puifqu'elle a ôté leur vertu aux af-
faisonnemens de la vie, l'amour ét le
plaisir. Je fens comme il faut faire cet
Ouvrage charmant, pour le rendre mo-
ral ét amusant tout-à-la-fois.

SUITE DES MASQUES.

Je fortis après la lecture de ces titres.
On était au Carnaval de 1776. Je ne
cefferai jamais de me recrier contre les
Mafcarades, les deguisemens en Femmes, les cris degoûtans de la Populace,
les plates choses que debitent les fots
Colporteurs, les poliçonneries des Enfans, ét quelquefois des Hommes; mais
furtout contre les Mafcarades-de-nuit !
On devrait, la nuit, aulieu de fe deguiser, porter un écriteau, où fût écrit,
—JE SUIS UN-TEL-. Une Bande de
Mafques, qui fortait d'un bal, rue Tire-
chape, paffait fous les Piliers-des-hâlles,
au-moment où une Famille entière, le
Père, la Mère, trois Filles, ét un Garfon
de 12-ans, rentraient chés eux. Les
Bandits (car ce ne pouvait être que des
Scelerats), environnèrent la Famille,
qui dabo d ne fit qu'en rire, infultèrent
les Jeunesfilles, qu'ils traitèrent comme
au feu de la Saintjean, tandis-que d'Autres entrèrent avec le Père ét la Mère
effrayés; On força le Marchand à don-

I ?

ner fa bourfe, ét on fe retira, en fesant
des éclats-de rire. Je voulus m'approcher; je fus repouffé. Je m'écriai: ma
vie fut exposée, ét je fus obligé, pour
la defendre, de m'armer de mes piftolets.
Les Bandits ne furent pas arrétés, quoique je les pourfuiviffe; ils feignaient de
rire entr'eux, ét l'on ne me comprenait,
que lorqu'ils étaient paffés... Combien
d'avantures pareilles enfevelies dans l'ombre de la nuit! Car j'appris, le lendemain, que le Marchand n'avait pas rendu plainte, depeur que fes Filles ne de-
vînffent le fujet d'une hiftoire publique,
ét parceque les Mafques étant des Inconnus, fa plainte aurait été vaine ét vâ-
gue.   Il aurait dû la porter contre les
Mafcarades en-general, afin d'ouvrir les
ieux de l'Adminiftration, fur la neceffité
d'interdire, ét les mafques, ét les cris
degoûtans de la Canâille, ét ces poliçonneries contraires à la raison ét à la réli-
gion, qui chaque année coûtent la vie
à quelqu'Individu de la Populace.

11-CI NUIT.

LE CABARET.

Le foir, il me prit envie d'entrer dans
un cabaret de la rue de l'Arbre-fec,
où j'entendis rire ét chanter. La Fille
de cette maison était une très-jolie per-

fone, dont l'éclat m'avait frappé. Elle était dans le comptoir. Je demandai une demi-bouteille de vin-blanc, avec deux verres, comme fi j'avais attendu Quelqu'un, ét j'alai me placer dans la grande ét bruyante falle des Buveurs.

Elle était divisée en plusieurs grouppes de Gens de la Populace, qui foupaient au cabaret, pour celebrer la foirée du mardi-gras. Il y avait des Crocheteurs, des Auvergnats établis, des Marchandes-de-fruits du Pont-neuf, avec leurs Hommes ét leurs Enfans, quelques-uns des principaux Decroteurs, des Commiffion-naires-de-porte, éclerefte. Tout ce Peuple était laid, groffier, haïffable, fous tous les points-de-vue : mais c'était à-raison de fa mifère. Il y avait fix Filles affés paffables, qui appartenaient à ces Familles. Elles paraiffaient entre 14 ét 20 ans, ét deux de ces Dernières avaient leurs Amoureux avec elles : C'étaient deux Crocheteurs. Tout fe paffa dabord bruyamment, mais fans querelle : Chaqu'un avait fon fouper ; les Compagnies n'étaient point mélées ; on gardait fon quant à foi. Mais lorfqu'on eut un-peu mangé, qu'on en fut à la feconde pinte-de-vin, les têtes commencèrent à firmenter. Un Crocheteur ayant embraffé fa Maîtreffe, le Père d'icelle le trouva-

mauvais : la Mère, aucontraire, le trouva bon, ét une difpute f'éleva. —Tout-
beau, Jacques ! (dit *le Père*): tu n'es
pas ici en mauvaife-compagnie ; je compte, que tu prens des libertés un-peu-
trop-libres, ét qui ne conviennent pas !
La Fille. O mongnieu ! vou' êtes bén
r'gardant ! Mélez-vous d'boire. *Le P.*
Javote ! j't'affènerai mon poing fu' la
mine ! *La Mère (du ton des Harengères)*
Toûche-lli dònc !... N'ont-i's-pas-fait
grand mal, quién ! que d' f'embraffer !
I's font l'Un pou' l'Aute ! *Le P. gravement*: Ça d'vai' été' avant l's avents ; ça
d'vai' été aux Rois ; ça d'vai' été au jour
d'aujourdhui mardi, ét ça n'eft pas ! S'i'
lli touche ; moi, je lli toucherai, à lui-.
A ce mot, Jacques fe leva pour f'en-
aler. La Mère ét la Fille le retinrent,
ét il fe remit auprès de fa Maîtreffe, en
grommelant; mais il ne voulut plus ni
boire, ni manger.

L'autre Compagnie, celle des Marchandes-de-fruits, avait prêté l'oreille à
la querelle : Il y avait, dans cette Société, trois Filles, dont Une avait un A-
moureux: La Mère, fans autre forme,
fans autre cause que fon indignation de
ce qui fe paffait à la table voisine, donna un fouTflet à fa Fille, en lui disant,
—Chienne ! fi on t'en faifait autant, ét

que tu fuffis cause que j'grondîs tonPère,
j't'affommerais, vois-tu-? La Fille fe
mit à pleurer. Son Amoureux, gros
Auvergnat établi, fit des representations
à la Mère : Le Père foutint fa Femme.
La Mère dit : —C'eft feulement pou' lîi
montrer, qu'i' faut qu'a' charrèye drait!
—Oui! bonico! bonico! (dit l'Amoureux): mas, Madame Grouin, ploûs don-
cement·! En-effet, la Fille faignait du
néz ou des dents, ét pleurait, avec une
musique affés reffemblante à celle de la
musette d'Auvergne. Cependant la Mère
de l'autre table f'était trouvée infultée,
ét tandis que les choses f'arrangeaient à
celle de la Fruitière du Pont-henri, qui
voulait faire-voir qu'elle était une Mère
rigide, l'orage fe preparait de l'autre
côté. Il commença par la Fille.

—Dites-dônc, Ma'me Grouin? parlez-
moi-dônc? eft-qu'vous penfez que j' fui'
eune falope, qu'vous brutalisez vote Fiye,
à-cause d'moi? —Pardi! à fa place(dit
la Mère), j' vous la jouerais tout-du-
lông! ét j'irais m'mette en chambe avec
mon Amoureux, pou' vous faire enrager.
—V'la d'beaux difcours! Madame Tronçon! (dit la Grouin, en fe composant
de fon mieux); ét ç' que vous dites-là
eft d' bon exempe, pou' vote Fiye!
—Meiyeur que l' vôte ! —Alons, alons,

M'ame Tronçon! (dit Grouin), reſté' à
vote éco, ét nou' au nôte-! Le Mari de
la Tronçon dit, que Mad. Grouin avait
raiſon. —Pardi! je l' crais bén, qu' tu
la ſouquiens! c'eſt ta ſalope-! A ce mot,
M. Grouin ſe leva : ſa Femme ét ſa Fille
ſe jetèrent à lui, ainſi que les deux autres
Petites-filles: M. Tronçon fit des excu-
ſes pour ſa Femme, qui lui reprocha,
qu'il n'avait pas de cœur. Mais les deux
Amoureux ſ'entremirent, pour calmer
tout le monde : Ils parvinrent méme à
faire embraſſer les deux Femmes, ét on
n'eut plus qu'une table. Les mariages
des deux Filles furent abſolument fixés
au lendemain de Quaſimodo ; en-conſé-
quence, les Amoureux reçurent des Pè-
res ét des Mères la permiſſion d'embraſſer leurs Maîtreſſes de-temps-en-temps,
ét *decemment*, à-cauſe de l'honnête Compagnie, ét des Jeuneſfilles, que cela ap-
prenait un-peu trop-tôt. Une d'entre
elles, très-éveillée, repo dit naïvement:
—Bon! ça nous apprend! Quoique ça
nous apprend? Ç' que j'ſavons-. Ce propos, qui aurait mérité une petite repri-
mande, fit rire M'ame Grouin elle-méme.
Deux Familles de Decroteurs, celle
des Normand ét celle des Bertrand, où
étaient deux Filles de 17 ans, apprentiſſes
Couturières, occupaient une longue ta-

ble voisine. Elles felicitèrent les deux
autres Familles sur leur reconciliation, ét
l'on porta une santé generale. Mais parmi les Enfans de Decroteur, il y avait
trois grands Garsons, dont l'Un était un
Soldat en semestre. Ce Jeunehomme
en avait conté à Ma'm'selle Grouin, ét
il n'en avait pas été haï. Ce Monsieur n'a-
vait pas ouvert la bouche, pendant les
felicitations; il n'avait pas bu à la ronde
generale, ét son verre était encore plein.
M. Normand, son père, lui dit, —Bal-
tazar, d'où vient donc qu' tu n' bois pas
ton verre? Le Fils ne repondit-mot.
—Savez-vous (reprit le Père), qu' mon
Garson, qu'voila, fait lire, ét écrire?
Il a fait mon écriteau, qui est à ma place, su' l' Pont; ét bén couché, ma-foi!
Car i' fait rire tout-un-chacun qui passe,
ét m' fait v'nir des Pratiques qui n'me
viendraient pas! —J' l'ai lu! (dit Bertrand): Igna, NORMAND TOND LES
CHIENS ÉT SA FEMME, ÉT VAT EN
VILLE: une lettre rouge, ét une noire.
—C'est ça même: C'est bén dit! Igna
pour ma Femme, que v'la, ét pour moi.
Car a' tond les Chiens en perfection, ét
moi aussi; ét avec une douceur! les Bê-
tes ne crient pas. —Oui! dit Ma'm'selle
Javote Tronçon, votre Fils couche bén
par écrit! Vous n'voyez pas qu'on s'mo-

que de vous! *Tond les Chiens ét ſa Femme! ét vat en Ville!* Pourquoi tondre-? Et ici elle éclata-de-rire. Toute la nombreuſe Aſſemblée demeura muette. Enfin, Mad. Grouin dit gravement: —Mais, Ma'm'ſelle Javote a raiſon! —Há! j' ſais bén (dit le Semeſtre), que c'eſt eune Deſſalée! Auſſi, j'arais mieux aimé Ma'm'ſel'e Manon, qu'voila (montrant la Fille-Grouin), dans ſon petit doigt, que Javote dans tout ſon corps. —Quoi qu'tu dis-donc-là, toi, Soldat d'malheur? (ſ'écria la Mère-Tronçon)! Tu vois bén que ç' n'eſt pas pour toi que l'four chauffe! ni celui-là d'ma Fiye non-pûs!... Encore un beau merle... —Ma'me Tronçon, pas d'ſotiſes! (ſ'écria le Semeſtre). —Qu'eſt-qu' tu dis donc? Qu'eſt-qu' tu dis donc-? (ſ'écria la Mère Tronçon en ſe-levant, ét lui approchant le poing ſous le néz). Le Semeſtre ſecoua la tête, repouſſa un-peu la Femme, ét ala ſ'aſſeoir ſeul au bout d'une table vide. Manon ſe prit à pleurer. Le Soldat ſ'en aperçut. —N' pleurez-pas, Ma'm'ſelle Manon: J' ſuis au ſervice du Roi, ét j' n'ai pas ma liberté!... N' pleurez-pas!... Ét pourvu qu' vous mangiez du pain, avec Jean qu' voila, j' ſuis content... Jean, tu vas l'avoir... Souviens-toi, tous les jours, qu' tu n' l'arais pas eue, ſi j' n'étais pas dans l' ſervice du Roi, ét que.... elle a toujours été fage fille, quoique... quoique... fuffit, je m'entens... ét qu'elle fera honnête femme, quoique... mais j' m'entens.... Agis bén, quand tu la vas avoir; car vois-tu, fi t'u agis mal, tu m' mettras la mort au cœur !... Aguieu ! j' fors... Car je ne faurais voir ce que j' vois.... (*à fa Famille*) : Et j'pars demain·. Il fortit en-effet, ét tout le monde demeura trifte quelques inftans; fur-tout Manon. Après quoi, la groffe gaîté recommença. Mais il était onze heures. Il falut fortir. Il me prit envie de payer tout le vin de ces pauvres Gens, pour les recompenfer de la fcène du Semeftre; bién-fûr que la Marquife m'approuverait. Je demandài le compte à la Belle-Mazange, qui me le donna. Elle avait à-côté d'elle un Adorateur. Mais je n'avais pas eu le temps de l'obferver. Je payai; je fortis, ét j'alai me mettre en embufcade. Je vis les Bonnes-gens au comptoir. —Tout eft payé·. L'étonnement des trois Compagnies fut extrême, lorfqu'on leur dit, que c'était l'Homme-en-manteaú bleu. Ils firent des raisonnemens fans fin : mais je ne pus les entèndre ; on m'aurait aperçu. J'alai chés la Marquife.

Cette Dame fut enchantée du Semeftre, ét me loua de ce que j'avais fait ?

Elle fut tentée de le degager. Enfuite elle dit : —Un pareil Homme doit faire un excellent Soldat ! il faut le laiffer au fervice : l'amour paffera , ét je tâcherai de le faire avancer. La Femme-de-chambre me rembourfa le prix du vin : C'était l'usage , lorfque j'avais donné quelque-chose : Je ne pouvais rien de moi-même , étant pauvre.

Je reverrai demain le même quartier.

II - ÇII NUIT.
LE PAS-GLISSANT.

J'étais à dix heures, dans la rue Saint-honoré , visavis celle du-Four , lorf-que j'aperçus une Fille charmante ét bien-mise , qui alait feule. Égalemen furpris de fa beauté , de fa parure , ét de fa foli-tude , je m'approchai d'elle , mais fans lui parler. Elle ala jufqu'à la rue du-Roule, ét revint fur fes pas. —Grand Dieu (pen-fai-je)! ferait-ce une *fille* ! ét tant d'at-traits ne feraient-ils que deguiser la hideur d'une âme baffe ét vicieuse !... Je revins comme elle ; ét au même en-droit où je l'avais dabord rencontrée, je lui parlai. Aulieu de me repondre, elle fe mit à troter à-petits-pas, en criant ! —Hô-hô! hô-hô-! mais d'une voix dou-ce, ét fi bas, que moi-feul je l'entendais. —C'eft une honnête Demoiselle (me dis-je à-part)! il faut la raſſurer-! Je la priai de m'excuser, ét j'employai les ex-preſſions les plus honnêtes. Elle prêtait l'oreille, tout-en-marchant, ét au mo-ment où je m'y attendais le-moins, elle ſe retourna vivement, ét me prit le bras. Je fus preſqu'effrayé! Je crus dabord, qu'elle voulait m'arrêter, ét appeler la Garde contre moi, comme l'ayant inſul-tée. Point-du-tout! —Sauvez-moi, Monſieur! (me dit-elle), je vous en prie! ſauvez-moi! —De Quî? ét comment, Mademoiſelle? —De moi-même, ét de ma Mère. —Expliquez-vous clairement, ét je vous promets de vous ſervir! j'en ai les moyens. —Hâ! je reſpire! Vous en-avez les moyens? —Oui, Mademoi-selle. —Que j'ai de bonheur! Au mo-ment... oui, au moment... Eufin, j'y étais preſque résolue! —A quoi, Mademoi-selle? —A me noyer. —Ciel! que me dites-vous! —Mais, ma Mère m'inquié-tait; elle n'a que moi pour reſſource.... J'étais au-deſeſpoir: car, pour-tout-au-monde, je ne voudrais pas... Non, non! je ne voudrais pas! —Qu'eſt-ce que vous ne voudriez pas? —Quelles ſont vos reſſources-? (Je commençais à me dé-fier, ét je voulais voir ce qu'était cette Fille): —Mes reſſources ſont de l'ar-gent; ét je vous trouve charmante. —Oui;

mais que ferez-vous de moi? —Mon I-
dole; je n'ai jamais rien vu de fi joli que
vous-. Elle foupira: —Votre Idole!...
Tenez? vous me paraiffez bon homme:
je ne vous haïrais pas: je me noyerai
bien toujours... Je veux vous connaître:
Si vous êtes un mechant comme les Autres,
je vous laifferai;... je vous laifferai... Tenez? je ne veux pas être ... libertine!....
mais tendre, je *la* ferai... Mais je voudrais, hô! un bien honnête-homme !.....
Alons chés ma Mère-? Elle revint fur
fes pas, ét nous entrames dans une mai-
son-à-portecochère, visavis le Café du
Profète-Élie.

En me voyant, la Mère fit un cri-de-
joie: —Ha! Monfieur, Quî que vous
foyiez, vous me fauvez la vie! vous me
rendez ma Fille! —Quels font vos besoins? (dis-je aux deux Femmes); j'y
vais pourvoir? —Peu de chose! (dit la
Mère): Nous avons des habits, du linge; nous ne desirons que le plus étroit
neceffaire, 12-francs par femaine? —C'eft
peu! en-effet? Mais quel fera notre arrangement? —Celui que vous voudrez;
Rosalie eft charmante! —Mais elle eft
fage!... Eft-elle fage? —Dumoins... je
pretens l'être: f'il fe trouve un Homme
qui veuille m'aimer fage; je l'adorerai.
—Ce fera moi: Voila un louis: Adieu-.

Je fortais. Rosalie courut après moi :
—Vous donnerez un louis toutes les femaines, ét vous me laifferez fage? —Oui.
—Bien-vrai? —Oui. —Jurez-le bien-
fort ! —Je le jure par tout ce qu'il y
a de facré! —Je vais donc le croire-.
Elle embraffa mes genoux : —Hà ! vous
m'ôtez le defefpoir-!... Je fus touché,
vivement ému : je m'enfuis...

Il était près de minuit, lorfque je paffai dans la rue des-Trois-Pavilions, en
alant chés la Marquife. Un coup-de-
piftolet part, dans l'interieur d'une maifon. Je m'arrêtai: J'attendis, pour voir
f'il y aurait quelque mouvement. Je n'entendis rien: feulement au bout d'un quart-
d'heure, je vis fortir un Laquais. Je le
fuivis. Il ala chés un Medecin, qu'il a-
mena. Ils rentrèrent dans la maifon, où
le coup-de-piftolet avait été tiré. Je me
rendis enfuite chés la Marquife, à laquelle
je fis part des deux traits de la foirée. Il
fut refolu que je continuerais d'obferver
Rosalie. Je lus enfuite un Bulletin très-
important :

*Les PROVINCIALES, ou Hiftoires
des Filles ét Femmes exemplaires de
toutes les Provinces de France. Avant-
propos.* ¶ *Après avoir-publié les Con-*
temporaines, les Françaises, *ét les Pa-*
rifiennes, *il me reftait à parcourir tou-*

tes nos Provinces, pour y recueil'ir les traits, qui peuvent honorer les Femmes de la Nation.

On fait que j'ai pris par tout mes Heroïnes, pour les Contemporaines: Ces hiftoires, infiniment variées, forment une maffe-de-mœurs, pour ainfi-dire; mais celles de la Capitale y dominent.

Dans les Françaises, je n'ai pris que quelques traits nationaux, fans chercher à caractériser les Femmes, d'après le terroir ét le climat.

Dans les Parisiennes, je me fuis abfolument aftreint à ne parler que des Femmes de Paris, que je regarde comme devant fervir de modèle à Celles de tout l'Univers, qui veulent être également aimables, ét fenfées: Car la bonne Epouse de Paris, eft le chefdœuvre de la civilifation.

Pour composer les Provinciales, je vais fuivre la nature dans toutes nos Provinces, afin-d'y voir les effets du climat, le degré de civilifation, la façon-d'être ét de-penfer: Deforte-qu'il refultera de cet Ouvrage, un tableau complet des mœurs de tout le Royaume. D'après ce plan, j'ai pris dans chacune des Villes que je nomme *, les renfeignemens neceffaires, fur les mœurs, ét fur

----

* Voyez la Table des 434 Villes; fin dè la VI Partie.

la Fille ou Femme, qui s'est le plús dis-
tinguée par fa bonne-conduite. Je me
contenterai de nommer Celles qui en ap-
procheront davantage : Car je me fuis
obligé à ne faire que huit Parties de cet
Ouvrage. Ainfi, chaqu'une des 434
Filles ou Femmes, qui feront les Heroïnes des Provinciales, n'occupera que fix
pages d'inpreffion ; lesquelles multi-
pliées par 434, donneront 8 volumes de
336 pages chacun, ou 16 feuilles in-12.

J'ai prié les Hommes inftruits ét vertueux, ausquels je me fuis adreffé,
de vouloir bien me fournir des faits
exacts, ét de les examiner fcrupuleufe-
ment, pour ne rien donner à la preven-
tion. C'eft le Public, c'eft la Nation
qui feraient trompés.

J'invite les Perfones zélées pour l'honneur de la Pa-
trie, d'envoyer à l'adreffe de MARADAN, libraire,
rue des-Noyers, près Saintives, les traits-de-vertu de
leurs eftimables Compatriotes, filles ou femmes ; je ne
ferai que rediger, le Publiq fera le veritable auteur de
cet important Ouvrage.

Table de la VIII.me Partie, Tome IV.

1920

FIN de la VIII Partie, & du Tome IV.

www.ingramcontent.com/pod-product-compliance
Lightning Source LLC
Chambersburg PA
CBHW061440030726
47503CB00005B/1493